Par Pierre Saurel

L'HOMME QUI NE VEUT PAS MOURIR

QUÉBEC/AMÉRIQUE

450 est, rue Sherbrooke, Suite 801,
Montréal, Québec, H2L 1J8
Tél.: (514) 288-2371

DÉPÔT LÉGAL:
4e TRIMESTRE 1982
BIBLIOTHÈQUE NATIONALE DU QUÉBEC
ISBN-2-89037-146-8

Chapitre premier

L'AMANT D'UNE NUIT

Le détective privé Robert Dumont, le Manchot, était fort populaire auprès de la gent féminine. Cet homme, devenu une sorte de héros légendaire, avait la réputation d'avoir un véritable cœur de pierre. On ne lui connaissait pas d'amoureuse, on le disait insensible à l'amour et, naturellement, les femmes étaient attirées par cet homme soi-disant insaisissable. L'être humain est ainsi fait. Il convoite toujours l'impossible.

La vérité, pourtant, était tout autre. Robert Dumont adorait les femmes. Il avait besoin d'aimer, mais à la suite de déceptions, trop nombreuses, il se montrait très distant. Si une femme lui plaisait, il se permettait quelques heures de plaisir en sa compagnie. Toutefois, l'aventure restait toujours sans lendemain. Au fait, le Manchot avait peur de l'amour.

« Aujourd'hui, j'ai compris qu'un détective privé ne doit jamais s'attacher à une femme. C'est un trop grand risque. Il peut entraîner celle qu'il aime dans des aventures ou encore, il s'expose à la décevoir. Son métier le monopolise en permanence. Il se doit de choisir. »

Par le passé, Robert Dumont avait tenté de concilier amour et travail. Il avait aimé profondément Nicole Poulin et le couple avait décidé de se marier lorsque, brusquement, Nicole avait été assassinée par un maniaque.

C'est à compter de ce jour que le Manchot changea d'attitude. Pour lui, la femme était devenue un être adorable, certes, mais jamais il ne s'attacherait à l'une d'elles. Amour et plaisir ne formaient qu'un tout.

Et ce soir-là, comme il en avait souvent l'habitude, il s'arrêta au petit bar situé non loin de son appartement. Il y prenait souvent un dernier verre, regardant d'un air distrait les couples qui se balançaient langoureusement au son de la musique.

Soudain, son attention fut attirée par une fort jolie femme. Elle était à sa table et refusait toutes les invitations qu'on lui faisait.

Un jeune homme voulant se montrer beaucoup plus insistant, tenta même de contraindre la dame à quitter son siège. Celle-ci s'obstinait dans son refus et parvenait difficilement à repousser l'importun.

Le Manchot décida d'intervenir en demandant au jeune de regagner sa place. Lorsque ce dernier se retourna, il étudia d'un bref coup d'œil la carrure athlétique du détective et jugea bon de ne pas insister davantage et de s'éloigner.

La conversation s'engagea entre le Manchot et cette femme âgée d'une trentaine d'années. Brune, vêtue élégamment, elle avait cependant un petit air triste, comme si elle s'ennuyait.

Quelques minutes plus tard, elle se confia au Manchot. Elle se nommait Gaétane. Elle était veuve depuis quelques mois, habitait seule et ne travaillait pas. La vie commençait à lui peser lourdement.

— Je suis peut-être folle, mais je n'ose pas sortir seule. C'est la première fois que je me risque dans une petite boîte et c'est par hasard que je suis ici. J'adore la danse et pourtant j'ai refusé toutes les invitations.

— Pourquoi?

Elle hésita longuement avant d'avouer la vérité. Le Manchot s'était identifié et, maintenant, une certaine confiance avait pu s'établir entre eux.

— J'ai été fort amoureuse de mon mari. Jamais un autre homme ne pourra le remplacer. Pourtant, je souffre d'être seule. J'étais... enfin..., je suis une femme passionnée. Voilà la vérité. J'ai peur de perdre la tête. Si je m'amourachais de quelqu'un, je sais au fond de moi, que ce ne pourrait être que temporaire. J'ai peur de faire souffrir.

Ce soir-là, Gaétane accepta de danser une première, puis une seconde fois avec le Manchot. Et au cours de cette deuxième danse, lorsqu'il la serra contre lui, il la sentit frémir. On aurait dit que le corps de cette femme était bouillant, prêt à éclater.

Elle parlait de retourner chez elle en taxi, mais le Manchot proposa de la raccompagner. Lorsqu'elle l'invita à entrer pour prendre un café, il comprit immédiatement que ça irait beaucoup plus loin.

Pour Robert Dumont, Gaétane représentait la femme idéale, une femme qui ne voulait pas d'une longue aventure, mais qui avait besoin de se donner et de se sentir possédée.

Lorsqu'il referma la porte de la maison du quartier Notre-Dame-de-Grâce et qu'il attira Gaétane dans ses bras, elle s'abandonna passionnément. On ne pensa même pas à prendre ce dernier café.

Il pouvait être trois heures du matin lorsque soudain Gaétane repoussa le Manchot.

— Robert, vite, levez-vous !

Le Manchot sursauta :

— Quoi ? Qu'est-ce qui se passe ?

Déjà, la jeune femme avait bondi hors du lit. Le détective vit ce beau corps nu s'approcher de la fenêtre. Gaétane jeta un coup d'œil à l'extérieur.

— C'est lui, c'est mon mari ! fit-elle en retournant brusquement vers le lit pour enfiler un déshabillé.

Le Manchot ne comprenait plus rien.

— Quoi ? Votre mari ? Mais vous m'avez dit que vous étiez...

— Veuve, oui, je sais. Je vous ai conté cette histoire pour attirer votre pitié.

Elle semblait très nerveuse. Elle eut un geste d'impatience.

— Mais ne restez pas là, dans le lit, sauvez-vous. S'il vous trouve ici...

Tout en maudissant cette femme, le Manchot s'habillait rapidement. Il ne pouvait comprendre ce qui lui arrivait et espérait sortir de ce cauchemar.

— Trop tard, murmura la femme. Il est entré, il vient, vous ne pouvez plus vous sauver. Il va sûrement vous causer beaucoup d'ennuis. Mon mari est avocat. Il ne devait rentrer que dans deux ou trois jours.

Le Manchot s'était retourné brusquement.

— Un avocat, dites-vous ?

— Oui. Laurent Perland.

Ce nom n'était pas inconnu du Manchot. Il avait rencontré Perland à de nombreuses reprises, lorsqu'il faisait partie de la police de Communauté urbaine de Montréal. L'avocat était un ami intime de l'inspecteur Bernier, l'ex-supérieur du Manchot et sûrement l'homme qui le détestait le plus.

Le détective allait s'approcher de la porte lorsque cette dernière s'ouvrit.

L'avocat Laurent Perland était là, immobile, n'osant croire à la scène qui s'offrait à lui.

— Bout d'christ ! murmura-t-il.

Ça ne pouvait être plus clair : cet homme qui finissait de se vêtir, ce lit défait, son épouse dans un déshabillé de nylon qui cachait mal sa nudité... L'avocat n'avait pas besoin de demander plus d'explications.

— Robert Dumont !

Il avait reconnu le Manchot immédiatement. Gaétane avait reculé jusqu'au mur, comme si elle craignait la vengeance de son mari.

— Laurent, bégaya-t-elle, je vais t'expliquer... ce n'est pas ce que tu penses. J'ai demandé à ce détective de...

Avec un calme plat et inquiétant, l'avocat ferma doucement la porte de la chambre.

— Si vous finissiez de vous vêtir, Manchot, ensuite nous pourrions causer.

Le détective le vit s'approcher de Gaétane. Mais au lieu de la frapper, il lui glissa une main à l'arrière du cou et l'embrassa.

— Tout va bien?

— Mais... mais oui.

Il se retourna, se rendit jusqu'au mur à la gauche du lit et déplaça une grande toile représentant une nature morte.

— Fameux. J'espère que tout a bien fonctionné.

Le Manchot ne comprenait plus. Il avait pensé que cet homme s'abandonnerait à la colère, qu'il y aurait un scandale, mais il n'en était rien. Perland avait même un petit sourire malicieux au coin des lèvres. Il se tourna vers sa femme.

— Chérie, je t'en prie, passe quelque chose sous ce déshabillé. Dumont et moi, nous allons t'attendre dans le salon.

Il ouvrit la porte de la chambre.

— Si vous voulez passer, Manchot.

— Écoutez, Perland, fit le détective en s'arrêtant à la hauteur de l'avocat, inutile de continuer cette comédie plus longtemps. Que désirez-vous exactement? J'ai été pris en faute...

— Nous allons discuter de tout ça, comme deux gentlemen. Allons, venez vous asseoir au salon.

Et tel un hôte recevant un grand visiteur, il offrit une consommation à Dumont.

— Choisissez, j'ai du scotch, du rye, du cognac, du brandy, de la vodka. Il y a quelques bouteilles de bière sur la glace et il est possible qu'il me reste du champagne. Alors?

— Je n'ai pas soif et vous le savez fort bien. Tout ce que je désire, c'est d'en finir au plus tôt.

— Bravo, fit l'avocat en se laissant tomber dans un fauteuil. Je suis persuadé, Manchot, que nous allons fort bien nous entendre.

Gaétane parut dans la porte.

— Allons, chérie, vient t'asseoir, ici, près de moi. Ou peut-être préfères-tu prendre place près de ton amant d'une nuit? demanda le mari d'un ton narquois.

Gaétane s'installa sur le grand divan. Les deux hommes se faisaient face.

L'avocat questionna:

— Alors, Gaétane, qu'est-ce que tu lui as dit exactement? Quelle romance lui as-tu racontée pour l'attirer à la maison?

La femme étira le bras, souleva le couvercle d'une petite boîte de métal, en sortit une cigarette qu'elle alluma lentement puis, après avoir aspiré un peu de fumée, elle déclara:

— Ce fut facile. J'ai été chanceuse. Un jeune m'importunait et monsieur Dumont est intervenu. J'ai dit que j'étais veuve. Je n'ai pas eu besoin de faire d'avances, tout s'est fait très normalement. Il a accepté de me conduire jusqu'ici, je lui ai offert un café,... mais nous ne l'avons pas pris.

Et elle éclata de rire.

Brusquement, le Manchot se leva. Il en avait assez de cette triste comédie.

— C'est un piège, quoi? C'est une bouffonnerie? Expliquez-vous. Moi, je ne trouve pas ça drôle du tout.

L'avocat fit signe au Manchot.

— Allons, assoyez-vous, Dumont et acceptez donc le verre que je vous ai offert. Vous n'avez rien à craindre de nous. Évidemment, si je décide de demander le divorce, je devrai vous obliger à comparaître. Ça fera sûrement la joie des journalistes. Dans votre métier, Manchot, la publicité n'est jamais à dédaigner, n'est-ce pas?

Perland commençait à découvrir son jeu. Il allait sûrement demander une grosse somme au Manchot.

Dumont se rassit lentement.

— Venons-en au fait, rapidement. Combien désirez-vous? Dites un montant.

L'avocat parut offusqué:

— Oh chérie! Tu vois, il me prend pour un maître chanteur. Vous me jugez très mal, Dumont.

Il se leva et s'approcha de son épouse.

— Gaétane et moi, nous nous adorons à notre façon. Nous sommes un couple libéré, vous savez ce que ça veut dire, Manchot? Ma Gaétane peut avoir autant d'amants qu'elle le désire, je ne lui pose jamais de questions. Cependant, j'avoue que j'adore quand elle me fait le récit de ses nuits d'amour, surtout quand elle me donne les détails les plus croustillants.

Il se pencha vers sa femme et l'embrassa dans le cou.

— N'est-ce pas, chérie? Moi, de mon côté, je mène la vie que je veux. Je n'ai aucun compte à lui rendre. Au début, cette petite coquine était jalouse de mes secrétaires, mais aujourd'hui, jamais elle ne me fait de scènes. Oui, nous sommes entièrement libérés. De plus, Manchot, il nous arrive de temps à autre d'organiser des petites fêtes, entre amis, entre couples. Tout est permis, jamais de questions. On échange les maris et les épouses... si jamais le cœur vous en dit, Manchot, vous pourrez assister à une de ces fêtes. Il vous suffit d'être accompagné. On ne vous demande pas si c'est votre femme ou votre maîtresse; je vous le répète, on ne vous posera aucune question indiscrète.

Le Manchot lui coupa la parole.

— Autrement dit, que votre femme vous ait trompé ou non, ça vous est parfaitement égal? Il n'est pas question que vous demandiez le divorce. Vous blaguiez, tantôt?

— Pas du tout. Je puis le demander, j'ai des preuves. Ma femme et moi, nous sommes amateurs de cinéma, nous collectionnons des films pornos exclusifs. Une caméra est cachée dans un mur de ma chambre, son objectif est braqué sur le lit. Même s'il n'y a que très peu d'éclairage, ces films ultra-sensibles sont toujours passablement clairs. Gaétane, as-tu mis la caméra en marche, en entrant dans la chambre?

— Oui.

Le Manchot sursauta:

— Qu'est-ce que vous dites?

— Allons, soyez calme, Manchot. Peut-être aimeriez-vous vous voir sur grand écran? Je gage que vous ne vous êtes jamais observé en train de baiser une femme. Vous pourriez faire des découvertes intéressantes.

Le Manchot commençait à se demander s'il n'avait pas affaire à deux détraqués. Il résuma.

— Bon, vous possédez la preuve. Vous avez un film sur lequel on me voit nu en compagnie de votre femme. Alors, si ce n'est pas du chantage, qu'est-ce que c'est?

L'avocat se promenait dans le salon. Il était revenu vers son fauteuil, s'était allumé une cigarette et, cette fois, il s'avança en direction du Manchot.

— Savez-vous que vous êtes un homme difficile à joindre, Dumont?

— Comment ça?

— J'ai appelé à deux ou trois reprises à votre bureau. C'était toujours votre service téléphonique qui répondait. Une seule fois, j'ai pu parler à votre assistant, le grand Beaulac. Il m'a dit que vous étiez très malade, au repos complet, c'est vrai?

Le détective ne répondit pas.

— Bernier avait raison. Jamais vous n'auriez accepté de travailler pour moi, surtout que c'est une cause impossible. Votre ami, l'inspecteur, vous a fortement recommandé.

— Allons donc.

— C'est l'exacte vérité. Vous savez ce que Bernier pense de vous?

— Je m'en doute.

— Selon lui, vous êtes l'être le plus exécrable de la terre. Vous vous croyez tout permis, vous êtes un orgueilleux, un homme incapable d'accepter des directives. Enfin, à ses yeux, vous avez tous les défauts du monde. Pourtant, ça va vous surprendre, il vous trouve une qualité. Vous êtes, selon lui, le plus habile des détectives privés. Il ne vous le dira jamais, mais il vous admire beaucoup.

— Vous avez fini de vous moquer de moi?

— Pas du tout, je ne fais que dire l'exacte vérité; je vous le jure, comme si j'étais devant le prétoire.

Il éclata de rire.

— Vous savez pourtant, Manchot, que nous, les avocats, nous ne disons que la vérité, toute la vérité, rien que la vérité. Nous ne savons pas mentir.

Puis, reprenant son sérieux, il continua:

— Bernier, les policiers, le tribunal ne pouvaient absolument rien pour aider mon client. J'ai tout essayé, tout. L'inspecteur m'a conseillé de vous rencontrer. Mais il m'a prévenu. Il m'a dit que vous coûtiez très cher. Or, mon client peut éventuellement vous payer une très grosse somme, tout comme il est possible qu'il ne puisse vous donner un seul sou.

Dumont maintenant, avait deviné ce qui se passait.

— Vous avez besoin de mes services?

— Juste.

— Si vous aviez pris rendez-vous avec moi, vous croyez que j'aurais refusé ce travail, c'est bien ça ?

— L'inspecteur Bernier en est persuadé.

— Alors, vous avez décidé de me tendre un piège, de me forcer la main.

Gaétane intervint :

— Avouez que ce ne fut pas trop désagréable.

— Je t'en prie, fit l'avocat, ne tourne pas le fer dans la plaie inutilement.

Il désigna son épouse au Manchot.

— C'est elle qui a eu cette idée. Elle s'est offerte pour vous servir d'appât. Pour les femmes, Manchot, vous êtes un être mystérieux. Saviez-vous qu'elles désirent toutes faire votre connaissance ? Gaétane rêvait de vous avant même que je décide de recourir à vos services.

Pour la seconde fois en moins de quelques mois, le Manchot se voyait obligé de mener une enquête sans avoir eu le privilège d'accepter ou de refuser celle-ci.

Pesant chacun de ses mots, le détective demanda :

— Je suppose, sans crainte de me tromper, que l'enquête à mener frise, en quelque sorte, l'illégalité ?

L'avocat bondit :

— Mais pas du tout, Manchot.

L'homme de loi semblait même en colère.

— Vous me connaissez fort mal. Sachez que jamais je n'ai touché à quoi que ce soit de malhonnête. Je ne me serais permis, en aucun cas, de vous demander une telle chose.

Le Manchot se fit sarcastique :

— Vous qualifiez d'honnête l'odieuse comédie que votre femme a jouée? Croyez-vous que le chantage que vous exercez est honnête?

— Ce sont des moyens de pressions... peut-être pas honorables dans toute la force du mot, mais des moyens qui sont honnêtes malgré tout.

Il fit signe à Gaétane.

— Tu peux nous laisser, ma chérie. Je vais raconter toute l'affaire au Manchot. Ce sera long. Je te conseille d'aller te coucher.

— Auparavant, je vais aller vous préparer du café.

Le Manchot proposa alors:

— Puisque vous me tenez à la gorge, ne serait-ce pas mieux de remettre tout ça à demain?

— Demain matin, je dois être à la cour. Vous, vous aurez votre travail, non, Manchot, même si nous devons y passer la nuit, je vous expliquerai tout. Ensuite...

— Ensuite, si je comprends bien, je n'aurai pas le privilège d'accepter ou de refuser. C'est bien ça?

Gaétane Perland revint avec du café bouillant. Elle plaça son plateau sur la table devant le divan. Le Manchot se leva pour changer de place et l'avocat vint s'asseoir près de lui.

Gaétane tendit la main au Manchot.

— J'espère que vous ne m'en voulez pas, Robert?

Le détective fit mine de ne pas voir la main tendue. Gaétane soupira, puis:

— Je vous laisse. Si vous désirez encore du

café, vous en trouverez sur le réchaud dans la cuisine.

— Dors bien, chérie, fit l'avocat à l'instant où son épouse se retirait.

Le Manchot buvait lentement son café, en silence.

— Allons, Dumont, soyez beau joueur. Évidemment, si j'étais à votre place, je serais sans doute en colère. Mais j'étais obligé d'agir de cette façon. Et puis, vous allez prendre une sorte de revanche sur votre fameux inspecteur Bernier.

— Comment ça?

— Il m'a gagé cinquante dollars que jamais vous n'accepteriez de travailler pour moi, tout simplement parce que je suis son meilleur ami.

Mais le détective, d'une voix brusque, lui fit remarquer:

— Je n'ai pas encore dit que j'acceptais l'enquête. Vos menaces ne me font pas peur. J'ai eu le temps de réfléchir depuis tantôt. Vous n'oseriez jamais montrer le film aux journalistes. Vous aussi, vous tenez à votre réputation.

— Détrompez-vous, Manchot. Oh oui, je tiens à ma réputation, mais si je demande le divorce, si j'apporte cette fameuse preuve, que serai-je aux yeux de tous? La victime et vous savez comme moi qu'on prend toujours la victime en pitié. Ma femme passera pour une fille facile, et vous... De toute façon, je vous demande maintenant d'écouter l'histoire d'Henri Voisard.

— Qui est-ce?

— Le client dont je vous parlais, cet homme qu'il faut absolument aider. Henri était... je veux dire, est un ami de longue date. Quand je vous ai parlé de salaire tout à l'heure, je voulais vous prévenir de la situation de mon client. Au fait, Henri Voisard est millionnaire... mais il est peut-être sans le sou.

— Dites donc, Perland, est-ce que vous n'auriez pas un peu trop bu?

— Pas du tout. Si vous voulez bien, je vais vous conter l'histoire de Voisard. Vous allez croire que j'invente tout ce drame, c'est du véritable roman. Mais rappelez-vous, Manchot, la réalité dépasse souvent la fiction. Vous comprendrez sûrement les raisons pour lesquelles la police ne peut m'aider et ce pourquoi j'ai besoin d'un homme comme vous pour débrouiller la plus étrange histoire que je connaisse.

Le Manchot accepta un peu de cognac qu'il mit dans son café et décida d'écouter le long récit de l'avocat.

Chapitre II

HENRI VOISARD

J'ai connu les Voisard, il y a de nombreuses années. Henri et moi, nous étions dans la même classe, à l'école primaire. Quant à Vincent, son frère, de deux ans plus âgé que nous, je n'ai appris à le connaître que beaucoup plus tard.

Lorsque j'entrai au secondaire, Henri, qui ne semblait pas avoir beaucoup de talent, avait doublé une année. Quant à moi, on me permit de sauter une année et je me retrouvai dans la même classe que Vincent.

Les deux frères étaient des types solitaires qui se tenaient toujours à part. Ils cherchaient continuellement la bataille. Heureusement, j'avais pu gagner l'amitié d'Henri qui, pendant plusieurs années, se fit mon défenseur.

On associait volontiers les deux frères Voisard. Ils passaient pour de mauvais élèves, de jeunes belliqueux, provoquant toujours des querelles. Il y avait tout de même une différence entre eux. Henri défendait les causes justes. Souvent, il prenait la part des élèves devant les professeurs, il s'occupait des plus petits, des jeunes sans défense.

Vincent, quant à lui, adorait se bagarrer. Il pouvait s'attaquer à tous ceux qui lui barraient la route. Il commença à fumer alors qu'il avait à peine dix ans. Plus tard, au secondaire, il s'intéressa à la drogue.

Il lui est arrivé, à quelques reprises, de battre des élèves pour leur enlever leur argent. Quand Henri apprenait ce qu'avait fait son frère, il forçait ce dernier à remettre ce qu'il avait pris. Mais, un ou deux jours plus tard, celui qui était allé se plaindre à Henri, était sournoisement attaqué, battu, et jamais on ne savait par qui, même si on se doutait que Vincent avait exercé sa vengeance.

Je perdis les deux frères de vue, durant quelques années. Moi, j'avais continué mes études afin de devenir avocat. Quant aux Voisard, c'étaient de véritables aventuriers...

Un jour, j'appris que tous les deux avaient visité l'Europe, une partie de l'Amérique du Sud et que, maintenant, ils se trouvaient en Afrique du Sud.

Vincent trafiquait avec les indigènes. Je savais qu'il vendait de la drogue à de nombreux fournisseurs canadiens. Jamais on ne le voyait au pays, il se servait toujours d'intermédiaires.

Henri, par contre, venait assez régulièrement au Québec et je l'ai rencontré à quelques reprises. Il m'apprit que, là-bas, il s'occupait de prospection. Plusieurs de ses amis avaient fait d'importantes découvertes.

— Il y a des mines et, ce n'est pas tout, il y a aussi des diamants. Il suffit d'être chanceux, me dit-il.

— Et Vincent, lui ai-je demandé?

— Parfois, il travaille avec moi. Mais nous ne nous intéressons pas à la même chose. Je préfère ne pas parler de lui.

Un jour, par les journaux, j'appris qu'Henri Voisard avait pu découvrir de nombreux diamants, qu'il était devenu millionnaire et qu'il avait l'intention de revenir définitivement au Québec.

À partir de ce moment, Henri me confia du travail. En tant qu'avocat, je m'occupai beaucoup de ses affaires. Il rencontra une femme, plus jeune que lui, Josée Lamoureux. Il décida de se marier.

J'assistai au mariage et fus surpris de ne pas y voir Vincent.

— Je ne l'ai pas invité, me dit Henri. D'ailleurs, j'ignore présentement où se trouve mon frère.

En vérité, Henri savait que Vincent s'occupait toujours de transiger avec des trafiquants de drogues.

— S'il fallait qu'il revienne au Québec, il chercherait sans doute à m'enlever ma fortune.

Et il me confia que, pendant quelques années, lui et son frère avaient travaillé en association.

— Il était entendu que, si l'un de nous faisait d'importantes découvertes, nous séparerions notre fortune. Mais quand j'ai trouvé ces diamants, Vincent n'était plus avec moi. Ça faisait au moins un an que je ne l'avais pas vu.

— T'a-t-il fait des revendications ?

— Pas du tout. Plusieurs articles ont paru dans les journaux concernant ma fortune. Je m'attendais à avoir des nouvelles de Vincent, mais rien. Il est peut-être mort et je n'en serais pas du tout surpris.

Henri Voisard ne travaillait plus. Il était pourtant dans la force de l'âge. Il avait tout pour être heureux, une fort jolie femme, de l'argent et pourtant, il s'ennuyait. Je crois que le fait de ne pouvoir élever une famille le chagrinait énormément. Il me confia qu'il était stérile.

— Nous avons passé des examens, Josée et moi et je ne pourrai jamais être père.

Je lui parlai alors des services d'adoption. Je pouvais l'aider, mais il refusa.

— Non, j'ai peut-être des préjugés, mais je ne veux pas de l'enfant d'un autre.

Puis, un jour, il m'apprit qu'il partait pour l'Afrique.

— Ne me dis pas, Henri, que tu vas recommencer à prospecter?

— Oh non, je l'ai fait trop longtemps. Non, là-bas, je veux visiter des amis et surtout, aller à la chasse aux bêtes fauves.

— Josée t'accompagne?

— Non, je pars seul. Ce n'est pas une place pour une femme, il s'agit d'un safari en pleine jungle. Je serai parti environ deux mois.

Trois semaines plus tard, une nouvelle tragique parvint au Québec.

Au cours d'une partie de chasse dans la jungle, Henri Voisard s'était éloigné de son groupe. Le soir, il ne revint pas au campement. On organisa immédiatement des recherches; des hélicoptères sillonnèrent les alentours; les tribus de la région prêtèrent même leur concours aux recherches intensives. Madame Voisard offrit plusieurs milliers de dollars de récompense, mais toute démarche s'avéra vaine.

La disparition d'Henri Voisard remonte à près de trois ans.

Quelques mois s'écoulèrent puis, un beau jour, Josée Voisard reçut un message d'Afrique. On venait de découvrir un squelette en pleine jungle.

Aux doigts du cadavre, on trouva deux bagues. Il possédait une montre et portait également une chaîne garnie d'un écrin miniature en guise de breloque.

On fit parvenir tous ces bijoux aux autorités du Québec et la police convoqua Josée.

Déjà, elle m'avait demandé de m'occuper de son cas. J'avais tenté, par tous les moyens, de prouver aux autorités qu'Henri Voisard était mort, que son épouse devait toucher son héritage, mais il fallait produire des preuves tangibles de sa mort. Aux yeux de la justice, Henri Voisard n'était qu'un disparu.

J'accompagnai Josée aux bureaux de la Sûreté du Québec. Avant même de lui montrer les bijoux, on lui demanda de donner une description de la montre et des bagues. Josée s'y appliqua. Lorsqu'on parla de la chaînette que son mari portait au cou, elle déclara :

— S'il a conservé le même pendentif, vous n'aurez qu'à l'ouvrir. Il y a deux petites photos à l'intérieur, l'une de lui et l'autre de moi. Ces photographies ont été prises la veille de notre mariage. Je suis très reconnaissable, je crois.

L'officier de police sortit alors les bijoux de l'enveloppe et me montra le pendentif. Je l'ouvris et reconnus aussitôt Josée et Henri.

— Donc, il n'y a plus de doute possible, c'est bien le corps d'Henri Voisard que l'on a découvert.

— Oui. C'est à vous maintenant, maître, de faire les démarches nécessaires pour que Voisard soit déclaré mort et que madame puisse enfin jouir de la fortune de son époux.

Tout se fit rapidement. Quelques semaines plus tard, Josée Voisard était reconnue officiellement comme l'héritière de la fortune d'Henri Voisard. Ce dernier était bel et bien mort.

Je ne revis plus Josée pendant plusieurs mois. Puis un jour par les journaux j'appris qu'elle avait décidé de se remarier.

Son second époux se nommait Hubert Riendeau. C'était un homme de son âge et qui, avec l'argent de sa future, pouvait enfin réaliser le rêve de sa vie, soit ouvrir son propre commerce de meubles.

L'affaire semblait définitivement classée. Cependant il y a trois semaines, j'allais avoir la surprise de ma vie.

*

* *

La secrétaire de Perland entra dans le bureau de son patron.

— Maître, il y a un homme qui désire vous voir. Il ne veut pas donner son nom, mais il dit que c'est très important. Il n'a pas pris de rendez-vous.

Perland jeta un coup d'œil sur sa montre.

— Je n'ai que quelques minutes à lui accorder. Il aurait dû prendre rendez-vous. Faites-le entrer.

La secrétaire allait sortir, mais elle se retourna, hésitante.

— Qu'est-ce qu'il y a, Louise ? demanda Perland.

— Ce type... enfin, il n'a pas très bonne mine. La barbe longue, des vêtements très usés, enfin, il me fait peur. Vous êtes mieux d'être prudent.

— Merci de l'avertissement, Louise. Faites-le entrer.

L'avocat était à consulter certains dossiers lorsque la porte s'ouvrit et se referma. Il entendit des pas foulant le tapis et leva les yeux.

L'homme qu'il avait devant lui avait les cheveux presque blancs. Le front était très dégarni. Ses sourcils blancs étaient trop épais, ça lui donnait un regard curieux, comme s'il avait les yeux un peu trop enfoncés dans la tête. Il portait quelques cicatrices au visage, un visage hâlé sillonné de nombreuses rides. Sa barbe était longue, une barbe de cinq ou six jours, une barbe mal taillée.

— Monsieur ?

— Tu ne me reconnais pas, Laurent ?

La voix était tremblotante. On aurait dit que l'inconnu souffrait d'une extinction perpétuelle.

L'avocat se leva et s'approcha de l'homme pour mieux le voir. L'inconnu murmura :

— Regarde-moi bien. C'est vrai que j'ai vieilli, j'ai passé trois ans dans la jungle, j'ai souffert d'une terrible fièvre, j'ai perdu plusieurs livres...

Non, non, ce n'était pas possible, l'avocat n'osait pas le croire. Pourtant, s'il rasait la barbe de cet homme, s'il lui ajoutait des joues plus rondes, s'il noircissait ses cheveux...

— C'est pas possible... Henri... Henri Voisard !

L'homme tendit la main à l'avocat.

— Mon vieux Laurent, comment vas-tu ?

L'avocat, très pâle, se laissa tomber dans son fauteuil. Il devait sûrement rêver. Cet homme était mort, il n'y avait aucun doute.

Il demanda d'une voix blanche :

— Quand es-tu entré au pays ?

— Oh, ça n'a pas été facile, tu sais. J'étais retenu captif par des indigènes. Cette forte fièvre m'avait fait perdre la mémoire, je ne me souvenais plus de rien. Heureusement, petit à petit, ça m'est revenu, pas au complet, mais suffisamment pour savoir que j'étais Québécois, que mon nom était Henri Voisard.

Il demanda :

— T'aurais pas une cigarette, Laurent ? Oh, je sais, autrefois, je ne fumais pas, mais j'y ai pris l'habitude en l'espace de quelques semaines.

L'avocat le laissait parler. Le disciple de Thémis était devenu muet, il se sentait incapable de prononcer la moindre parole. L'homme poursuivit :

— J'ai appris, là-bas, que j'étais mort. On a même dit qu'on avait retrouvé mon cadavre. C'est complètement ridicule. Heureusement que des amis m'ont cru. J'ai pu, grâce à eux, obtenir de l'argent, de faux papiers et je suis entré au

Québec. Je suis arrivé hier. Je suis sans le sou. J'ai cherché à voir ma femme, mais la maison a été vendue. Si je te disais, Laurent, que je n'ai pas mangé de la journée.

L'avocat le regardait. Il ne voulait pas admettre que cet homme était Henri Voisard.

L'inconnu avait cessé de parler. Il fumait lentement, mais ses mains amaigries et tremblotantes avaient de la difficulté à tenir la cigarette.

Le silence devenait lourd, pesant, gênant. Enfin, Perland décida de se lever. Il se dirigea vers la grande fenêtre de son bureau, l'ouvrit et passa la tête à l'extérieur. Le vent froid de l'automne le cingla au visage en lui ramenant les couleurs qui étaient disparues.

Il prit une longue respiration, referma la fenêtre, se retourna, regarda à nouveau l'homme qui fumait en silence.

— Henri, dit-il, je ne sais pas... enfin... je... voudrais t'encourager mais, vois-tu, il s'en est passé des choses depuis trois ans. Tout d'abord, on a trouvé un squelette.

L'homme le coupa :

— On me l'a dit. Mais ce squelette, ce n'était pas moi. Je n'ai pas été positivement identifié. C'est impossible.

— Ton pendentif, tes bagues, ta montre... tout se trouvait sur le squelette.

Voisard ne sembla pas du tout surpris.

— Les indigènes m'ont trouvé dans la jungle. J'avais été assommé, je souffrais d'une forte fièvre. Je n'avais aucun papier sur moi, aucun bijou, rien, pas d'argent. Donc, la chose est claire. J'ai été attaqué. On m'a volé après m'avoir assommé et on m'a laissé pour mort. L'homme, qui a fait ça, a pris ma montre, mes bagues et mon pendentif. C'est lui que l'on a retrouvé, ce squelette, c'est le sien. Moi, Bon Dieu, je suis bel et bien vivant. Il y a quand même des « ciboles » de limites.

Ce mot « cibole » fit frissonner l'avocat. Henri Voisard le disait très souvent.

— Quelle histoire !

L'avocat se laissa à nouveau tomber dans son fauteuil et prit sa tête à deux mains.

L'inconnu demanda nerveusement :

— Que s'est-il passé ici, Laurent ? Qu'est-ce que je dois faire, maintenant ?

— Tout d'abord, parlons de Josée, se décida à dire l'avocat. Elle t'a attendu longtemps. Puis, tu as été déclaré mort. C'est elle qui a hérité de ta fortune. Elle s'est remariée.

Voisard ne broncha pratiquement pas. Au bout d'un moment, il murmura :

— Comment la blâmer ? Josée est jeune, elle avait le droit de refaire sa vie, elle ne pouvait pas savoir.

Perland demanda :

— Que comptes-tu faire ?

— Oh, tu sais, je ne demande pas grand-chose. Tout d'abord, je veux faire reconnaître mes droits. J'ai une fortune... mais je ne veux pas nuire au mari de Josée. Aussi, tout ce que je désire, c'est une bonne pension pour pouvoir terminer mes jours en paix. Quant à Josée, elle devrait faire annuler son mariage. Ce sera facile, puisqu'elle est toujours mienne.

Perland ne tenait plus en place. Il se releva, marcha de long en large, durant quelques secondes, pour enfin s'arrêter devant son étrange visiteur.

— Henri, Josée semble très heureuse.

— Je l'aime, murmura le revenant.

— Oui, je comprends, mais trois longues années se sont écoulées depuis ta disparition. Tu ne peux lui demander de...

— Je veux tout d'abord la voir. Disons que je n'entreprendrai aucune démarche avant de l'avoir vue. Tu vas m'aider, n'est-ce pas Laurent? Aujourd'hui, je n'ai pas d'argent mais lorsque tu auras fait reconnaître mes droits, je saurai te récompenser, tu sais. Je paierai pour tes services, ne soit pas inquiet.

L'avocat fit un signe nerveux de la main.

— Il ne s'agit pas de ça, voyons, je suis encore capable de rendre service à un ami. Je suppose que, dans le passé, tu as dû faire relever tes empreintes digitales?

— Non, jamais... du moins, je ne m'en souviens pas.

Brusquement, Perland consulta sa montre.

— J'ai un rendez-vous, je suis en retard.

Il se précipita vers son bureau, prit sa serviette en cuir puis, se tournant vers son visiteur:

— Tu vas demeurer ici, dans mon bureau, tu vas m'attendre, Henri. Dans la salle de bain, tu trouveras un rasoir, des serviettes, du savon.

Rase-toi, fais ta toilette. J'aimerais te reconnaître un peu plus...

— Tu as des doutes?

— Mais non, là n'est pas la question. Je vais demander à Louise, ma secrétaire, de te faire livrer un repas. Enfin, je vais téléphoner chez moi et on t'apportera un complet. Nous sommes de la même grandeur. Autrefois, tu étais plus gros que moi, mais tu as tellement maigri...

Voisard s'excusa:

— Je te cause bien des soucis, mon pauvre Laurent. Mais cibole, mets-toi à ma place.

— Je dois partir, Henri. Je vais donner des ordres à Louise. Surtout, ne me fais pas faux bond. Je te retrouve ici, dans une couple d'heures.

Lorsque maître Laurent Perland revint à son bureau, ce soir-là, il trouva l'inconnu endormi dans un fauteuil.

La secrétaire avait exécuté les recommandations de son patron. Elle avait commander un lunch à l'inconnu. Voisard avait mangé, puis on avait apporté des vêtements.

Il avait pris sa douche dans la salle de bain adjacente au bureau, il s'était rasé puis avait enfilé des vêtements propres. Ceux-ci étaient peut-être un peu grands pour lui, mais ils lui seyaient tout de même assez bien.

Seules, ses vieilles bottines usées et crottées faisaient contraste avec le reste de l'habillement.

Lentement, en évitant de faire le moindre bruit, Perland s'approcha de son étrange visiteur. Une faible lueur, provenant de la lampe servant à éclairer le bureau de l'avocat, permettait à Perland de distinguer les traits de l'homme.

« C'est lui, c'est bien lui ; je le reconnais maintenant. »

Il était changé, il avait beaucoup maigri.

« Il a dû perdre au moins cinquante livres. Et puis, il n'avait pas autant de rides..., cette cicatrice à la joue gauche... elle n'existait pas. Ses cheveux et ses sourcils sont blancs... et pourtant, c'est lui. »

À ce moment précis, l'homme bougea, s'étira, puis ouvrit les yeux.

— Ah, tu es là, Laurent ? Excuse-moi, je me suis endormi, je suis tellement fatigué.

Il se leva. Pendant ce temps, l'avocat alla tourner le bouton et les lumières s'allumèrent dans la plafonnier.

— Et maintenant, comment me trouves-tu ?

Voisard souriait. Mais l'avocat ne reconnaissait pas cette bouche. Henri Voisard avait toujours pris un soin méticuleux de ses dents. L'homme qui était devant lui avait des dents jaunies et il lui en manquait au moins trois.

— Henri, ce n'est pas croyable, murmura Perland.

— Alors, tu ne doutes plus ? Si tu veux plus de précisions, tu sais, je puis t'en donner.

Et il parla de son enfance, de l'école primaire, rappelant certains faits précis à son compagnon de classe. Maintenant, Perland ne pouvait plus douter.

— Oui, c'est bien toi. Moi, je te crois... mais...

— Mais quoi ?

— Aux yeux de la loi, Henri, tu es mort. Et ce ne sera pas facile de faire reconnaître aux autorités que tu es bien Henri Voisard.

— L'inconnu parut soudain très nerveux.

— Tu blagues, n'est-ce pas, Laurent? Tu m'as reconnu. Josée aussi ne pourra que m'identifier. Il me semble que c'est suffisant.

— J'ai bien peur que non. Il faudra des preuves irréfutables. Nous causerons de tout ça au cours des jours à venir. Pour le moment, je t'amène chez moi. Tu vas loger à mon appartement... temporairement.

Henri Voisard avait suivi l'avocat. Il s'était installé dans la pièce qui servait de bureau à Perland.

— Demain... ou un autre jour, nous verrons Josée. Je crois que je serais mieux de lui parler avant qu'elle ne te rencontre.

— Pourquoi? Mais non, je veux la voir, je veux qu'il y ait l'effet de la surprise. Tu veux une preuve? Alors, arrange-toi pour avoir des témoins lorsque je recontrerai Josée pour la première fois.

— Je verrai, Henri, je verrai. Laisse-moi songer à tout ça. Je vais faire tout en mon pouvoir pour éclaircir ce mystère.

Mais ce soir-là, lorsqu'il fut couché, maître Laurent Perland ne réussissait pas à fermer l'œil.

Cet homme, installé sur le divan dans son bureau, était-il Henri Voisard? C'était possible. Il pouvait aussi lui ressembler vaguement, en plus vieux, en plus maigre.

Et soudain, il songea à Vincent Voisard. Lui aussi était disparu depuis de nombreuses années, sans laisser de traces.

Aux yeux de tous, Vincent Voisard devait être dans une prison, quelque part, en train d'expier ses crimes.

« Mais Henri et Vincent se ressemblaient beaucoup. Vincent était plus vieux... Effectivement, quelqu'un me dirait que cet homme est Vincent et non Henri Voisard et je le croirais. Tout comme il est possible que ce soit Henri. Oh, c'est simple, je crois que je vais devenir fou. »

Et ce n'est que lorsque les lueurs du jour commencèrent à percer l'épais rideau placé devant la fenêtre, que l'avocat réussit enfin à s'endormir, épuisé par ce drame étrange qu'il se devait d'éclaircir le plus tôt possible.

Chapitre III

LA SITUATION SE COMPLIQUE

Le Manchot se leva, s'approcha du bureau et prit la bouteille de cognac.

— Vous permettez, maître?

— Allez-y, servez-vous, Manchot. Oh, une seconde, je vais vous donner un verre.

— Mais non, dans ma tasse, ce sera parfait.

Perland demanda:

— Du café?

— Oui, s'il vous plaît.

L'avocat alla chercher la cafetière et emplit les tasses du liquide bouillant.

— Alors, Manchot, que pensez-vous de tout ça?

Dumont retourna s'asseoir.

— Dites-moi ce que vous avez fait. Est-ce que cet homme a rencontré l'ex-épouse d'Henri Voisard?

— Oui. J'accompagnais Henri lorsque nous nous sommes rendus chez les Rindeau. En apercevant Henri, Josée a hésité. Elle n'osait le croire. Elle m'a même demandé: « c'est Vincent? »... Mais je la sentais prête à défaillir. Et lorsque l'homme déclara qu'il était Henri Voisard, elle perdit connaissance.

— C'est loin d'être surprenant.

— Lorsqu'elle revint à elle, en présence de son mari, elle interrogea longuement Henri. Elle cherchait à lui rappeler des souvenirs.

Le Manchot fouilla dans sa poche de veston, sortit un cigare, l'alluma, puis demanda :

— Et le résultat ?

— Henri se souvenait de tout... ou presque. Mais, comme il l'avait dit, il a subi une forte fièvre et il n'a pas récupéré complètement la mémoire. Il était donc normal qu'il oublie certains détails.

Mais soudain, l'avocat se souvient d'un fait.

— L'opération !

— Quelle opération ? demanda le Manchot.

— Il y a une dizaine d'années, Henri Voisard a subi l'ablation de l'appendice. Sa femme s'en souvenait facilement. L'inconnu était prêt à se déculotter devant elle. Riendeau s'interposa. Mais Henri a insisté et, devant Riendeau et moi, il a dévoilé sa cicatrice. Aucune erreur possible, il a été opéré.

Mais le Manchot conclut :

— Il n'est pas le seul, bien des hommes subissent cette opération. Ensuite, je suppose que vous avez tenté de faire reconnaître les droits de Voisard ?

— Oui, j'ai fait des démarches en ce sens. Mais aux yeux de la loi, Henri Voisard est bien mort. Même si l'homme qui se dit Voisard est ici, au Québec, il faut des preuves plus convaincantes.

J'en ai longuement causé avec l'inspecteur Bernier; je lui ai demandé conseil.

— Et qu'a dit Bernier?

L'avocat prit une gorgée de café, puis déclara:

— Il a fait des recherches en ce qui concerne Vincent Voisard. Il a communiqué avec plusieurs corps policiers. Vincent est introuvable. Est-il mort? C'est possible.

Le Manchot devina facilement ce que pensait l'avocat.

— Vous croyez que Vincent Voisard peut être vivant, n'est-ce pas?

— Tout est possible. Je ne sais plus que penser, toute cette affaire est en train de me rendre fou.

Robert Dumont conservait tout son calme.

— Vincent Voisard a déjà eu des démêlés avec la justice. On a dû l'arrêter, relever ses empreintes digitales?

— Je le croyais, mais jamais Vincent ne fut arrêté. La police sait qu'il fut un trafiquant, mais on n'a jamais pu le prouver; donc, on n'a jamais relevé ses empreintes digitales.

L'avocat eut un mouvement d'impatience. Il donna même un coup de poing sur son bureau.

— On est pris dans un cercle vicieux. On cherche de tous les côtés, on est dans un corridor sans issue. Quand on pense apercevoir une lueur de vérité, on se retrouve subitement en pleine nuit. Tout devient plus embrouillé. À ce sujet, Bernier est loin de m'encourager.

— Comment ça?

— Selon lui, il n'y a probablement qu'un moyen

possible pour démêler cette histoire. C'est de dépêcher un policier en Afrique. Ce dernier tentera de remonter à la source ; il pourra interroger les indigènes et cherchera à savoir ce qui s'est passé exactement, il y a trois ans, lors de la disparition d'Henri Voisard.

— Vous avez demandé l'aide des policiers de ces pays ?

— Oui, mais ça n'avance pas. C'est alors que Bernier m'a proposé d'engager un enquêteur privé. Mais je lui ai fait comprendre que je n'avais pas suffisamment d'argent pour payer un tel homme. Mon client est peut-être millionnaire, mais pour le moment, c'est moi qui le loge, qui l'habille, qui le nourris. C'est alors que Bernier m'a affirmé que vous étiez le seul homme capable de mener à bien un tel travail.

Le Manchot s'écria :

— Mais vous ne croyez tout de même pas que je vais tout abandonner pour me rendre en Afrique ?

L'avocat le rassura :

— Mais non, il n'est pas question de ça. Toutefois, selon Bernier, en surveillant Voisard de près, en l'interrogeant, peut-être même en vous faisant aider d'un psychiatre... vous pourriez réussir. Mais jamais, m'a-t-il affirmé, vous n'accepteriez une telle mission. Tout d'abord, il dit que vous êtes avare, que vous ne travaillez que lorsqu'il y a une grosse somme au bout de la ligne et qu'ensuite, le fait que Bernier et moi sommes des amis est l'obstacle majeur.

Perland se tut. Il se leva, se dirigea vers la salle de bain et le Manchot entendit couler l'eau. Lorsqu'il revint, l'avocat avait la figure encore tout humide.

— Je suis à bout, excusez-moi.

Et il poursuivit son récit:

— J'ai dit à Bernier que j'irais vous voir. C'est alors qu'il m'a fait cette gageure. Quel que soit le moyen que je prenne, jamais a-t-il dit, vous n'accepteriez d'enquêter sur cette affaire. Moi, Manchot, je vous connaissais de nom. Je vous ai peut-être croisé en cour quelques fois, mais je n'en savais guère plus. J'ai donc pris des renseignements sur vous. Sachez que l'opinion de Bernier est partagée.

Le détective sursauta:

— Comment ça? Ne me dites pas que mes ex-collègues...

— Non, pas exactement coupa l'avocat. Mais tous savent que vous êtes débordé de travail, que vous êtes obligé de trier vos clients sur le volet, que vous avez de nombreux employés, donc des salaires à payer et que vous ne pouvez vous permettre d'enquêter si, à l'avance, vous n'êtes pas assuré de toucher une certaine somme.

Cette fois, le Manchot approuva.

— Ils ont parfaitement raison.

— Quand même, comme je vous l'ai dit, j'ai tenté de vous téléphoner, mais je n'ai pas eu de chance. C'est alors qu'en causant avec Gaétane, nous avons eu cette idée. Elle rêvait de vous connaître. Au début, je vous jure que je ne voulais pas entendre parler de ce piège grossier. Mais j'ai compris que c'était la seule et unique façon. Alors, j'ai préparé ma caméra et Gaétane s'est mise au travail. Vous savez le reste.

— Et maintenant, vous vous abaissez à cet affreux chantage.

L'avocat cria presque :

— Je veux tirer cette affaire au clair. Je ne puis pas garder Voisard chez moi durant des années.

Soudain, le Manchot demanda :

— Au fait, où est-il votre revenant ? Vous avez permis à votre femme de me tendre ce traquenard et pendant que je m'amusais avec elle, cet inconnu, ce revenant était quelque part dans la maison ?

— Mais non. Je possède un camp d'été près de Saint-Janvier dans les basses Laurentides. Ce n'est pas un camp d'été-hiver, mais il est quand même habitable jusqu'aux grands froids. Voisard est là. Il n'a pas de voiture à sa disposition. Je ne veux pas qu'il prenne la poudre d'escampette.

Le Manchot parut surpris :

— Tiens, pourquoi le ferait-il ?

— Il est malade, vous savez. Parfois, on dirait qu'il n'a pas toute sa tête à lui. Les jours avancent, rien ne se produit, il perd patience.

Le détective jeta un coup d'œil sur sa montre.

— Vous savez l'heure qu'il est ?

— Oui, cinq heures moins vingt. Le jour va bientôt se lever.

— Et demain, je dois être à mon bureau à neuf heures. J'espère que vous me donnez le temps de réfléchir.

L'avocat eut un sourire narquois:

— Disons que, si demain à trois heures je n'ai pas eu de vos nouvelles, j'intente tout de suite les procédures pour le divorce.

— Vous ne me donnez pas beaucoup de temps.

— C'est à prendre ou à laisser. Mettez-vous à ma place.

— Mettez-vous à la mienne, fit le Manchot.

Perland se mit à rire:

— Vous avez sûrement dû avoir du bon temps.

— Salaud!

— N'oubliez pas que c'est avec ma femme que vous avez fait l'amour. Je la connais, je serais bien surpris si vous aviez été déçu.

Le Manchot préféra ne rien ajouter.

Il se dirigea vers la porte, mais avant de sortir, il se retourna:

— Et si j'exigeais de voir ce fameux film? Qui me dit qu'il y a bien une caméra cachée? Qui me dit qu'il y avait un film dans l'appareil?

— Vous devez prendre ma parole, Manchot. Le film sera développé d'ici deux jours. J'ai un ami qui s'occupe de tous mes films. Vous pourrez vous admirer très bientôt.

Dumont en avait assez.

— Je vous appelle demain de toute façon.

— Je souhaite que vous preniez la bonne décision. Je ne voudrais pas qu'un scandale mette fin à votre carrière.

*

* *

Le Manchot sursauta en entendant sonner le réveille-matin. Il n'avait pu se reposer que quelques heures. Il prit une douche presque glacée, but rapidement un café et se rendit au bureau.

Pour l'instant, il désirait oublier cette affaire qu'il trouvait abracadabrante.

« Je me suis laissé prendre comme un enfant. »

Mais comme pour s'excuser, il ajouta :

« Comment pouvais-je me douter ? Elle paraissait si sincère. Jamais je ne pourrai faire confiance aux femmes. »

À l'agence, en le voyant apparaître, Michel Beaulac s'écria :

— Dites donc, boss, avez-vous passé la nuit sur la corde à linge ? On dirait que vous n'avez pas dormi.

Le Manchot ne répondit pas et s'enferma dans son bureau. Il cherchait à trouver l'oubli en se plongeant dans l'étude de ses dossiers.

« Michel, songea-t-il soudain. »

Il sonna Yamata, la jolie Japonaise, amie de Michel, qui avait remplacé la secrétaire, Rita Michaud. Cette dernière avait succombé à ses blessures à la suite d'un grave accident de voiture.

— Yamata, dites à Michel de venir me trouver.

— Tout de suite.

Lorsque le grand Beaulac parut, le Manchot demanda aussitôt :

— Tu as un travail en cours ?

— Oui et non, j'ai quelques clients à rencontrer, mais des affaires de routine. Aucune enquête spéciale. Autrement dit, carabine, du travail ennuyant que je pourrais bien laisser à Candy. Moi, vous savez, faire la collection ou m'occuper de petites causes...

— Donc, tu es libre?

— Oui. Pour le moment. Mais je sens que vous allez me confier une enquête, est-ce que je me trompe?

— Peut-être pas. Tout dépendra s'il acceptera.

— De qui parlez-vous?

Le Manchot hésita avant d'expliquer:

— Un ami, maître Laurent Perland. C'est un avocat qui m'a déjà rendu de grands services. J'ai une dette envers lui et c'est ma chance de le rembourser.

— Comment ça?

— L'enquête qu'il me propose ne nous rapportera peut-être pas un cent. Mais l'inverse peut se produire. Perland ne peut absolument rien promettre.

Beaulac était fort étonné. Le Manchot avait bien expliqué à ses acolytes que son bureau n'était pas une agence sociale et que jamais, même si une personne était fort mal en point, il ne fallait accepter une enquête à moins d'être certain d'être payé pour les services rendus.

« C'est lui qui déroge à notre principale loi, songea Michel. Ça me surprend. La dette qu'il a envers cet avocat doit être importante. »

Mais le Manchot poursuivait.

— Perland est capable de m'obliger à enquêter personnellement.

— Comment ça, vous obliger?

Le détective regrettait d'avoir laissé échapper ce mot.

— Boss, vous ne me dites pas tout.

— Non et je n'ai pas à te donner plus de détails.

Il sonna à nouveau Yamata.

— Je n'y suis pour personne, j'ai à causer avec Michel et je ne veux pas qu'on nous dérange.

— Bien monsieur, répondit la secrétaire. Je vais m'en occuper.

Robert Dumont alluma un de ses éternels cigares, puis regardant son assistant, il demanda :

— Crois-tu aux morts, aux revenants, aux fantômes ?

— Sacrament ! Vous en avez des questions. Évidemment que je crois à la mort. Quant aux revenants et aux fantômes, je n'en ai jamais vu.

— Eh bien, je vais te raconter l'histoire de l'un deux.

Et le Manchot le mit au courant de tout ce qu'il savait.

— Vous parlez d'une affaire. Donc, l'homme que l'avocat a logé dans son camp est un millionnaire, il ne peut le prouver et, aux yeux de tous, il est mort.

Le Manchot approuva :

— Tu as fort bien résumé la situation. Crois-tu pouvoir enquêter dans cette cause, Michel ? Je sais qu'elle n'est pas facile. Mais un bon détective comme toi...

Michel fronça les sourcils et regarda curieusement son patron.

— Hé, hé, c'est pas normal, tous ces compliments. Vous me cachez quelque chose, pas vrai?

Robert Dumont hésita. Devait-il tout dire à son assistant? Soudain, il sembla prendre une décision.

— Michel, tu n'es pas un ange. Je te connais depuis plusieurs années. Sache que moi non plus, je ne suis pas toujours un modèle de vertu. Si tu t'occupes de cette affaire, tu auras sans doute à rencontrer la femme de l'avocat.

— Qu'est-ce qu'elle vient faire là-dedans?

— Eh bien... la dette, c'est elle.

— La dette?

Le Manchot faillit perdre patience.

— Il me semble que c'est clair, non? Gaétane... enfin, madame Perland et moi...

Michel éclata de rire.

— Oh, ça y est! Je comprends tout. Vous avez eu... disons, une aventure galante avec la madame, c'est ça?

— Si tu veux. Alors, tu vois que je suis fort mal placé pour refuser d'enquêter...

— Et peut-être encore plus mal placé pour vous retrouver en face de madame l'avocate, enfin, je veux dire, la femme de l'avocat. Alors, c'est moi que vous allez plonger dans le bain. Comptez sur moi, boss. Je vais en venir à bout de cette histoire de revenant!

À ce moment-là, le téléphone sonna et quelques secondes plus tard, la voix de Yamata résonna dans le petit haut-parleur qui se trouvait sur le bureau du Manchot.

— Monsieur Dumont, c'est pour vous.

Michel se pinça les lèvres. Le Manchot avait ordonné qu'on ne le dérange pas et voilà que Yamata l'avait oublié. Il sentait venir la réprimande.

— J'ai dit que je ne voulais pas... commença le Manchot.

— Je sais, monsieur, mais l'homme qui est au bout du fil a insisté. Il m'a dit qu'il vous avait parlé cette nuit. Il s'agit de maître Perland...

— Je vais prendre l'appel.

Le Manchot appuya sur un bouton placé sur son récepteur. De cette façon, Michel pourrait entendre la voix de l'avocat.

— Allo?

— C'est vous Dumont?

— Oui, oui, c'est moi. Qu'est-ce que vous me voulez? Je devais vous appeler, avant trois heures et...

— Je n'ai pas le temps d'attendre jusqu'à trois heures. Tout d'abord, laissez-moi vous informer que le film est parvenu à mon ami qui doit le développer dans les plus brefs délais...

— Laissons faire ça, voulez-vous, fit le Manchot, mal à l'aise.

Maintenant, le détective regrettait d'avoir mis la voix de Perland sur le haut-parleur. Michel ne perdait pas un mot de la conversation.

— La situation s'est drôlement compliquée depuis la nuit dernière.

— Comment ça?

— Je viens de recevoir un appel de Voisard...

du moins, de celui qui dit être Henri Voisard. Il m'a téléphoné de mon chalet. On a tenté de le tuer !

La nouvelle eut l'effet d'une bombe. Michel qui s'était affalé dans un fauteuil bondit sur ses grandes jambes.

— Torrieu ! Si on a voulu le tuer, patron, c'est que c'est lui, le millionnaire. La voilà la réponse !

Mais le Manchot, n'était pas du même avis.

« Ce n'est pas une preuve, se disait-il justement. Josée et son mari ont tout intérêt à ce que cet homme disparaisse, qu'il soit ou non le véritable Henri Voisard. »

La voix de l'avocat résonna dans le haut-parleur.

— À qui parlez-vous, Manchot ?

— Justement, Perland, je voulais vous en toucher un mot. Si vous, vous avez un important procès à plaider et que vous avez de gros clients à rencontrer, à la même heure, qu'est-ce que vous faites ?

— Tout dépend de l'importance des clients. De toute façon, je demanderais l'aide d'un collègue. Il irait plaider à ma place ou je l'enverrais à la rencontre des clients.

— Eh bien, justement, moi, j'ai des choses très importantes à régler, Perland, des choses qui ne peuvent attendre. J'ai causé avec mon bras droit, Michel Beaulac. Il est prêt à se charger de votre client.

— Mais c'est vous que...

— C'est à prendre ou à laisser et comptez-vous

chanceux que je mette un de mes employés à plein temps sur cette affaire.

Et sans attendre la réponse de l'avocat, le Manchot demanda :

— À quel endroit peut-il vous rencontrer ?

— Écoutez, Manchot...

— Non, c'est vous qui m'écoutez. J'ai assez perdu de temps avec cette histoire. J'ai des clients qui attendent et...

— Je serai à votre bureau dans dix minutes.

Mais le Manchot ne voulait pas voir l'avocat à l'agence.

— Vous êtes chez vous présentement ?

— À mon bureau.

— Donnez-moi l'adresse. Michel va s'y rendre immédiatement. Je suppose que vous avez prévenu les autorités policières ?

— Mais non. Tout d'abord, rien ne me dit que Voisard a été réellement attaqué. Il peut avoir menti. Il y a un policier fort compétent qui est déjà à Saint-Janvier pour interroger Voisard.

— Qui ?

L'avocat lança :

— Votre ami, l'inspecteur Bernier !

Chapitre IV

LA BIGAME

Le détective Dumont n'osait pas y croire. Ce Perland était-il un imbécile?

— Dites donc, vous êtes tombé sur la tête ou quoi? Je ne veux pas voir Bernier se mêler de cette affaire et de plus, Saint-Janvier ne fait pas partie de la Communauté urbaine de Montréal, il me semble.

— Vous avez raison. Mais quand j'ai reçu l'appel de Voisard, j'ai perdu les pédales. Il me fallait absolument intervenir, porter secours à Voisard. Alors, j'ai pensé à Bernier. Il est en congé pour trois jours et je me suis dit qu'il connaissait sûrement des policiers qui enquêtent dans cette région. Alors, c'est lui qui s'est offert pour aller à Saint-Janvier.

— On dirait que vous prenez un malin plaisir à nous compliquer la situation. Michel se rend à votre bureau. Un instant, Perland.

Le Manchot fit signe à son assistant.

— Vite, va te préparer...

— Mais torrieu, je ne sais même pas où se trouve ce bureau-là, moi.

— Je te donnerai l'adresse dans quelques instants. Allons, laisse-moi seul.

Une fois Michel sorti, le Manchot s'adressa à Perland.

— Il est inutile de tout raconter à Beaulac. Je lui ai dit que j'avais une dette envers vous, il n'a pas posé de questions. Vous pouvez lui faire confiance, Perland. Moi, je ne puis quitter mon bureau pour des jours et des jours.

Et d'un ton qui n'admettait aucune réplique, il termina la conversation en ajoutant:

— Il est inutile de me rappeler, Perland. Maintenant, c'est avec Beaulac que vous faites affaire. Tenez-vous le pour dit.

*

* *

Après avoir causé avec l'avocat Perland, Michel jugea inutile de se rendre à Saint-Janvier.

« Si je m'en vais là-bas, j'aurai sûrement des démêlés avec l'inspecteur Bernier. Je le connais bien. Il déteste le boss et fera tout pour me mettre les bâtons dans les roues. »

Et Michel avait suggéré à Perland:

— Je vous téléphonerai et vous me transmettrez le rapport de Bernier. Que vous a dit exactement Voisard?

— Il était dans la cuisine du camp. Soudain, il a entendu un bruit sec, une vitre a été cassée et une balle l'a frôlé à la tête. Il aurait pu être tué.

— On a tiré de l'extérieur?

— Sans aucun doute. Je n'ai pas eu le temps de poser de questions. J'ai un fusil dans mon camp et des cartouches. J'ai recommandé à Voisard de s'armer et d'attendre du renfort. Je l'ai appelé pour lui dire que l'inspecteur Bernier se rendait à Saint-Janvier.

Michel décida d'aller rencontrer Josée Riendeau, l'épouse de Voisard.

— Torrieu, y a sûrement un moyen de savoir si ce revenant est son mari ou non. Elle dit ne pas en être certaine, mais elle a peut-être ses raisons pour ça.

— Que voulez-vous dire? avait demandé l'avocat.

— Si elle est heureuse avec son second mari et avec les millions du premier, elle n'a qu'à faire mine de ne pas le reconnaître. Ne vous inquiétez pas, après avoir causé avec elle, je saurai si elle me dit toute la vérité. Je suis un as pour juger les gens.

Michel n'avait aucun complexe. D'ailleurs, il se sentait gonflé d'orgueil. Son patron ne venait-il pas de lui confier une des causes les plus difficiles que l'agence ait eu à résoudre?

Le jeune Beaulac, après avoir obtenu l'adresse de la maison des Riendeau, s'installa au volant de sa voiture et fila brusquement en direction de l'est de la ville.

Le couple Riendeau habitait un bungalow dans la banlieue est de Montréal, presqu'au bout de l'île. Comme il approchait de la maison, le jeune colosse ne put s'empêcher de remarquer : « Je me demande comment ils font pour habiter dans ce coin-ci. Ça pue, ça sent l'huile..., les œufs pourris. » Et dans le ciel sombre, on voyait les longues cheminées des raffineries de pétrole, lançant des nuages de pollution dans les airs.

Bientôt, la voiture s'arrêta devant la jolie demeure du couple. Michel descendit, jeta un coup d'œil sur la maison. Il y avait un espace de rangement pour une voiture sur la droite, mais cet espace était vide. Riendeau devait être absent.

Le jeune détective sonna à la porte et quelques instants plus tard, une jeune femme vint ouvrir. Aussitôt, Michel songea : « Ce n'est sûrement pas madame Riendeau, celle qui avait épousé Henri Voisard. »

Josée Voisard Riendeau, même si l'avocat avait dit qu'elle était plus jeune que son premier mari, devait sûrement frôler la quarantaine. La femme qui venait d'ouvrir était plus jeune. Des cheveux d'un brun roux tombaient sur ses épaules. Ses yeux étaient petits, mais très brillants ; son nez légèrement retroussé lui donnait un petit air moqueur. Mais ce qui attira surtout l'attention de Michel fut la taille de la jeune fille. Elle portait un pantalon et elle était tellement mince que le détective était persuadé de pouvoir l'encercler de ses deux mains. Une poitrine assez forte, bien formée, accentuait davantage cette minceur.

— Vous désirez monsieur ?

— Je voudrais voir madame Riendeau.

— C'est moi, répondit-elle avec un sourire.

Michel ne savait plus que dire. Ce fut la jolie Josée qui reprit :

— Puis-je faire quelque chose pour vous ?

— Excusez-moi, je suis surpris, je... enfin, je pensais que vous étiez plus âgée.

— Merci, vous êtes gentil, mais...

Rapidement, Michel sortit sa carte.

— Mon nom est Michel Beaulac. Je fais partie de l'agence de détectives privés « Le Manchot ». Monsieur Laurent Perland a retenu nos services.

— Oui je sais, mais j'ai dit tout ce que je savais à maître Perland. Mon mari ne veut plus que je réponde aux questions.

Michel insista :

— Tout ce que nous désirons, madame, c'est de tirer au clair le mystère entourant la mort de monsieur Henri Voisard...

— À mes yeux, mon mari est décédé. J'ai tous les papiers officiels, j'ai refait ma vie et je ne veux plus en entendre parler.

— Mais, carabine, moi, je n'ai pas intérêt dans cette affaire. Et vous, madame, je ne vous comprends pas. Vous ne perdrez rien si...

Enfin, elle se décida :

— Il est ridicule de causer comme ça, dans l'entrée. Si vous aimez perdre votre temps, suivez-moi.

Elle précéda Michel dans le salon du bungalow. Le détective remarqua qu'elle savait jouer lascivement des hanches. C'était une femme qui devait plaire à tous les hommes.

— Assoyez-vous.

La pièce était meublée simplement, mais les meubles étaient de qualité, rien de « criard » ni de trop voyant. Si madame Riendeau avait vu elle-même à la décoration, elle avait sûrement beaucoup de goût. Michel prit place dans un fauteuil et Josée s'assit en face de lui, sur le divan.

— Je n'ai pas très bien saisi ce que vous vouliez dire, monsieur.. votre nom déjà ?

— Beaulac, Michel Beaulac.

— Je puis vous appeler Michel ? Je déteste les cérémonies. Vous avez dit que je n'avais absolument rien à perdre ? Mais vous faites erreur. J'ai hérité de près d'un million de dollars à la mort d'Henri Voisard.

— Bien, mais supposons que cet homme, qui dit être Henri Voisard, réussisse à le prouver, qu'arrivera-t-il ? Vous pourrez facilement obtenir le divorce. C'est une histoire qui sort de l'ordinaire. On ne pourra vous forcer à vivre avec un homme que vous croyiez décédé il y a quelques années. Vous obtiendrez sûrement un très fort montant d'argent en guise de compensation.

Mais elle protesta :

— Je vois que maître Perland ne vous a pas tout expliqué. Cet homme qui se dit mon mari ne désire pas notre fortune, non. Il est prêt à la laisser presque entièrement à mon mari. Tout ce qu'il demande, c'est une pension... et son épouse. Il fera tout pour que je retourne vivre avec lui.

Michel ne put s'empêcher de murmurer :

— Remarquez, si j'étais à sa place... enfin, là n'est pas la question. Vous êtes certaine que cet homme n'est pas votre époux ?

— Je ne sais pas, je ne veux plus y penser. J'ai causé avec lui, il dit souffrir d'amnésie partielle. C'est difficile de prouver le contraire. S'il ne se souvient pas d'une certaine chose, ça paraît normal.

Le grand Beaulac déclara alors de son air innocent.

— Il y a un moyen facile qui ne trompera sûrement pas une femme. On dit qu'il n'y a pas deux hommes qui font l'amour de la même façon.

Josée aurait pu se fâcher. Michel regrettait d'avoir lancé cette phrase. La jeune femme se leva et le détective crut qu'elle allait le prier de sortir. Elle s'approcha de lui puis, murmura :

— J'y ai pensé, monsieur Michel. Je sais que ce serait sans doute une façon de savoir. Mais j'en suis tout à fait incapable.

Tout de suite, elle voulut corriger l'impression que le détective pouvait avoir.

— N'allez pas croire que je suis une petite sainte nitouche, oh non ! Hubert est mon second mari. Après la mort d'Henri, j'ai eu quelques amants. J'aurais été incapable de vivre sans homme dans ma vie. Mais faire l'amour avec un homme que je considère comme un être ressuscité, non, j'en suis tout à fait incapable. J'en ai des frissons dans le dos ; c'est comme si je décidais de coucher avec un mort.

Elle passa la main sur son front, comme pour chasser ces idées puis, elle offrit un verre à Michel.

L'assistant du Manchot ne touchait plus à l'alcool depuis plus d'un an. La boisson lui avait causé beaucoup trop de soucis. Devenu abstinent, le jeune détective savait qu'il ne pouvait se permettre de prendre un seul verre.

« Si je prends une gorgée, je ne pourrai plus

m'arrêter. Je suis heureux depuis que j'ai cessé de boire. Je n'ai pas du tout l'intention de recommencer ma triste vie d'autrefois. »

— Je préférerais un café, fit-il. J'espère que ça ne vous dérange pas ?

— Mais pas du tout, suivez-moi à la cuisine, nous pourrons continuer à causer.

Michel s'installa à la table. Josée fit chauffer le café et en voulant placer une tasse devant le détective, elle le frôla de sa jambe. C'était probablement accidentel.

— Si vous voulez, Michel, vous pourriez probablement arranger tout ça, facilement.

Elle servit le café, se pencha vers Michel et il sentit les seins de la jeune femme s'appuyant sur son bras... avec insistance. Cette fois, ce n'était sûrement pas l'effet du hasard.

Elle se rendit compte que le détective semblait mal à l'aise, mais elle lui sourit et, sans dire un mot, elle avança une chaise et s'assit tout près de lui.

— Du sucre ?

— Ni sucre ni lait. Je le prends noir.

— Tiens, c'est drôle, moi aussi, je le préfère comme ça.

Elle se rapprocha encore un peu plus.

— Vous avez rencontré Henri Voisard ?

— Non, pas encore.

— Si c'est l'homme que j'ai épousé, il a beaucoup changé. Il a veilli, il semble craintif, malade. Si Hubert avait été un peu plus dur avec lui, il l'aurait probablement fait fuir. Henri... enfin, cet homme qui dit l'être, voudrait reprendre la vie à mes côtés. Il n'y a que ça, semble-t-il, qui l'intéresse. Mais la Josée d'aujourd'hui n'est plus du tout celle qu'il a connue. Ça il l'ignore.

Michel savait fort bien qu'elle poursuivait une idée, qu'elle avait un plan.

— S'il apprenait que... enfin, ça ne pourrait plus jamais être pareil, entre nous. Henri était jaloux, quand il quittait le pays, il me faisait presque surveiller. S'il apprenait que je ne suis plus la femme fidèle d'autrefois? Je pourrais avoir un amant... un homme qui lui ferait des menaces, qui lui offrirait de l'argent pour qu'il quitte le pays, qu'il disparaisse... vous comprenez, Michel?

La jeune femme voulait lui faire jouer un rôle qui ne lui plaisait pas du tout.

Josée mit sa main sur le bras du jeune détective.

— Je ne vous demande pas de jouer... entièrement la comédie, vous savez.

Ça ne pouvait être plus clair. Michel commençait à être en nage. Des gouttes de sueur perlaient sur son front. La jeune femme se leva lentement et se glissa derrière lui. Elle avait laissé remonter sa main le long du bras de Michel. Maintenant, elle avait posé son bras presque autour de son cou. Elle se pencha et l'embrassa derrière l'oreille et elle le sentit frissonner.

— Vous me plaisez, Michel. Henri pourrait nous voir ensemble...

Le grand Beaulac eut de la difficulté à avaler sa salive afin de murmurer:

— Mais... votre mari?

— Vous savez, Hubert ne pose jamais de questions. Depuis que j'ai appris qu'il avait eu des rapports intimes avec deux de ses secrétaires, il me laisse très libre.

Soudain, Michel songea à Yamata, sa Japonaise qu'il aimait tant, cette fille qui avait réussi à le replacer dans le droit chemin. Depuis qu'il avait connu Yamata, Michel n'avait jamais levé les yeux sur d'autres femmes. Pour lui, elles n'existaient pas, il ne les voyait pas.

Pour la première fois, depuis des mois, une femme, tout aussi jolie, tout aussi bien tournée que la Japonaise, s'offrait à lui et, curieusement, il sentait faiblir sa résistance.

Il voulut se retourner vers Josée Voisard-Riendeau. Elle était si près de lui qu'elle crut sans doute qu'il acceptait ses avances, car ses lèvres effleurèrent celles du détective et le baiser se prolongea.

*

*   *

À la suite de l'appel qu'il avait reçu de Perland, Robert Dumont se sentait d'humeur massacrante.

Non seulement son ex-chef, l'inspecteur Bernier, s'était moqué de lui en le proposant à l'avocat, mais il soupçonnait l'inspecteur d'avoir aidé les Perland à lui tendre un piège.

« Non satisfait de ça, il met son nez dans cette affaire. Voisard est victime d'une agression et il se précipite à Saint-Janvier afin d'être le premier à l'interroger. Pourquoi ne se mêle-t-il pas de ses affaires ? »

Le Manchot hésita quelques secondes. Il pouvait téléphoner à des amis de la Sûreté du Québec, les mettre au courant de l'attentat survenu à Saint-Janvier et leur dire que l'inspecteur Bernier enquêtait personnellement sur l'affaire, refusant de la rapporter à la police.

« Bernier serait sûrement blâmé. »

Cependant, pour Robert Dumont, c'était là une vengeance mesquine, par personne interposée. Non, s'il voulait intervenir, il devait le faire personnellement.

« Et c'est probablement ce que désire Bernier. Il va prendre un malin plaisir à semer des embûches sur mon chemin. »

Il donna un coup de poing d'impatience sur son bureau, y faisant voler quelques feuilles. « Je l'aurai donc toute ma vie sur le dos celui-là. »

— Dites donc, qu'est-ce qui vous arrive ?

Le Manchot se retourna rapidement en entendant la voix. Dans l'encoignure de la porte se trouvait Candy Varin. Cette fille aux lignes plantureuses travaillait comme femme-détective pour son agence.

— Il me semble que j'ai déjà dit qu'il fallait frapper avant d'entrer ?

— Je sais, mais quand on frappe trois fois, quand il n'y a pas de réponse et que je sais que vous n'êtes ni au téléphone, ni en compagnie d'un client, eh bien, je m'inquiète. C'est normal, non ?

— Excuse-moi, grogna le détective en retournant derrière son bureau. Il y a quelque chose de spécial ?

— Vous, Robert, vous avez dû avaler de travers, remarqua la belle blonde.

— Ça ne te regarde pas !

Candy fronça les sourcils. Il était rare que Robert Dumont soit d'humeur massacrante. Elle décida de ne plus poser de questions, sachant fort bien qu'au cours de ces mauvaises lunes son patron était à prendre avec des pincettes.

— J'ai terminé mon enquête sur le couple Brisebois. Félicitez-moi, je devais m'efforcer de prouver que le mari trompait odieusement sa femme. Eh bien, à la suite d'une bonne explication avec votre humble serviteur, le couple s'est réconcilié. Il va faire un second voyage de noces aux Barbades.

— Tant mieux. Tu cherches du travail, je suppose ?

Le Manchot jeta un coup d'œil sur sa montre.

— Tu peux prendre le reste de la journée. J'aurai quelque chose pour toi, demain.

Candy se préparait à sortir lorsque le Manchot déclara :

— Excuse-moi pour tout à l'heure. C'est ce maudit Bernier qui me met dans tous mes états.

— Ah non, ne me dites pas que ce cher inspecteur vous cause encore des ennuis.

— Pas directement.

Le Manchot avait répondu d'un air songeur. Une idée venait de germer dans son cerveau.

— Attends donc une seconde, toi.

— Qu'est-ce qu'il y a?

— Tu es la seule du bureau à obtenir un certain succès avec l'inspecteur, pas vrai?

— Si vous appelez succès le fait qu'il me regarde avec des yeux d'homme, oui. Il est un peu moins dur avec moi qu'avec vous ou Michel. Mais il ne me fait pas de faveur pour ça. Il sait que je travaille pour vous.

Dumont connaissait son supérieur. Il était très dur, parfois injuste pour ses hommes, pour les détectives de l'escouade des homicides. Mais Bernier avait une faiblesse. Il adorait les femmes, c'était connu dans le milieu policier.

« Ça ne m'a nullement surpris qu'il soit un ami de Perland. Bernier est du genre à participer à ces partouzes entre couples. »

Brusquement, le Manchot décida:

— Je te retire le congé que je viens de te donner. J'ai du travail pour toi. Tu vas partir immédiatement pour Saint-Janvier.

Et il donna quelques détails sur l'affaire Voisard mais sans lui parler du sale tour que lui avait joué l'avocat.

— Perland qui a retenu nos services est un ami de l'inspecteur Bernier. Comme ce dernier est en congé, il s'est immédiatement rendu au chalet de l'avocat. J'aurais bien aimé savoir ce qui s'est passé. Si je me rends là-bas, je risque encore de me disputer avec l'inspecteur.

— Quand ce monsieur, qui dit s'appeler Henri Voisard, a-t-il été victime d'un attentat?

— J'ai reçu la nouvelle il y a une vingtaine de minutes. Si tu te hâtes, tu pourras retrouver l'inspecteur là-bas. Tu as beau jeu, tu sais. Bernier fait partie de la C.U.M. et il n'a aucune juridiction dans les Laurentides. S'il n'a pas prévenu les autorités provinciales, il a commis une erreur.

Mais Candy demanda :

— Et si ce cher inspecteur avait décidé de revenir à Montréal avec votre homme, je ferais ce voyage inutilement ?

Sans répondre à la question de sa collaboratrice, le Manchot décrocha le récepteur de son appareil téléphonique et signala le numéro du bureau de l'avocat Perland. Quelques secondes plus tard, il avait son « client » au bout du fil.

— Ici Robert Dumont, avez-vous d'autres nouvelles de Bernier ?

— Non, j'attends son appel.

— Je veux que Voisard demeure à votre chalet. Quelqu'un ira l'interroger. Alors que Bernier ne se mette pas dans la tête de ramener notre témoin. C'est tout.

Et le détective raccrocha.

— La voie est libre. Pars immédiatement pour Saint-Janvier. Ce n'est pas très loin, tu seras là dans moins d'une heure.

— Où se trouve ce chalet ? Je ne veux pas avoir à chercher pendant trente minutes, moi.

Dumont avait noté l'endroit exact dans son calepin et il donna les renseignements à Candy.

— Si tu as des difficultés avec Bernier, n'hésite pas à me téléphoner.

— Ne vous inquiétez pas pour moi, Robert. Inspecteur ou non, Bernier est un homme et je sais toujours me débrouiller avec eux.

Elle quitta le bureau avec un sourire aux lèvres en se déhanchant d'une façon outrageuse.

Aussitôt la porte refermée, le Manchot reprit son air des mauvais jours.

« Ça n'a aucun sens. Je ne voulais pas m'occuper de cette affaire et voilà que tout le bureau travaille là-dessus. Bernier doit s'amuser follement. L'inspecteur est prêt à pardonner tous ses écarts de conduite, mais si quelqu'un fait la moindre incartade, il frappe à tour de bras. S'il apprenait qu'un de ses adjoints a participé à une orgie, ce dernier serait immédiatement congédié, pourtant lui, il peut tout se permettre. »

Soudain, un sourire se dessina sur les lèvres du détective, un sourire sadique qui ne laissait rien présager de bon. Le Manchot venait d'avoir une idée presque diabolique.

« Ah, on m'a forcé la main, on a voulu que je m'occupe de cette affaire ; eh bien, on devra payer s'il y a des pots cassés. »

*

* *

Michel, gentiment, avait repoussé Josée et il s'était levé.

— Il faut être raisonnable, dit-il avec difficulté. Il y a sûrement un moyen de coincer ce type, de lui faire avouer la vérité...

Josée fit un moue boudeuse.

— Je ne vous plais pas?

— Je n'ai jamais dit ça, bien au contraire. Mais... enfin, votre mari peut arriver...

— Aucun danger, je sais qu'il s'est rendu hors de Montréal, il ne reviendra qu'à la fin de la journée.

Elle voulut se rapprocher. Michel se dégagea, fouilla dans sa poche et en sortit un paquet de cigarettes. Il fit bifurquer la conversation.

— Dites-moi, quel âge aviez-vous quand vous avez épousé Henri Voisard?

— Vous voulez connaître mon âge, c'est bien ça? J'ai trente-sept ans.

— Incroyable, murmura le détective.

— Dernièrement, je suis sortie avec des jeunes filles, toutes dans la vingtaine. Eh bien, j'avais l'air aussi jeune qu'elles. Je suis privilégiée car j'ai conservé ma taille de jeune fille. Je fais régulièrement de la culture physique et je ne passe pas un mois sans me rendre chez mon esthéticienne. Je prends soin de mon corps, de ma peau, comme si c'était mon bien le plus précieux.

— Ça l'est sûrement. Vous allez m'excuser, mais il me faut partir.

— Oh Michel, vous n'allez pas me laisser tomber? Vous savez que si cet homme, qui se dit mon mari, voulait être méchant, il pourrait me faire arrêter. S'il est bien Henri Voisard, je suis bigame.

Le grand détective ne put s'empêcher de rire.

— Allons donc, vous avez peut-être deux maris, mais vous croyiez que Voisard était décédé lorsque vous avez contracté ce second mariage.

En se déplaçant lentement, elle s'était placée entre Michel et la porte menant dans le corridor, bloquant toute sortie au détective.

— Personne ne sera surpris si une bigame a un nouvel amant.

Brusquement, Michel marcha vers elle, la prit dans ses bras, la souleva littéralement de terre en l'embrassant avec une passion frénétique. Il pivota sur lui-même, s'avança vers le divan, puis il y laissa tomber la jeune femme.

— Dites donc, quand vous le voulez...

Josée avait fermé les yeux pendant quelques secondes. Ne sentant plus Michel près d'elle, elle les ouvrit pour constater que le détective s'était dirigé vers la porte.

— Si je juge à propos qu'il est essentiel que ce Voisard nous surprenne ensemble, je vous le laisserai savoir, nous irons dans un motel. Tant qu'à faire, je pourrai aussi prévenir votre mari, fit Michel.

Elle se leva rapidement et courut vers lui.

— Vous allez m'aider, n'est-ce pas? Je suis certaine que, si vous le voulez, vous pourrez éloigner cet homme qui cherche à briser ma vie.

— On m'a engagé pour découvrir la vérité, c'est là mon seul but. Je vous donne des nouvelles.

Michel sortit rapidement et une fois assis dans sa voiture, il réussit à rassembler ses idées.

— Torrieu! Détective privé, c'est pas une profession facile. S'il n'y avait pas eu Yamata dans ma vie...

Il mit sa voiture en marche, s'éloigna de la maison, mais décida de faire un rapport à son patron. Il téléphona donc au bureau.

— C'est moi, boss, j'ai vu madame Voisard, ou si vous préférez, madame Riendeau. Elle ne peut pas dire si Voisard est vivant ou non. Elle ne sait pas si c'est son premier mari qu'elle a vu. Je ne suis guère plus avancé.

— Tu vas revenir au bureau immédiatement, Michel.

— Quelque chose de spécial?

— Oui, il est possible que nous ayons un travail très particulier, une mission à accomplir. Candy est aussi sur l'affaire.

— Comment ça?

Dumont lui parla de l'agression dont avait été victime le supposé Voisard. Soudain, Michel s'écria:

— Attendez donc une seconde, je me souviens d'une chose. Hubert Riendeau, le mari de Josée, est à l'extérieur de la ville pour la journée.

— Cette Josée sait-elle où se cache Voisard, présentement?

— Je l'ignore, je ne lui ai pas posé la question. Mais boss, pour moi, la situation est claire. C'est Riendeau qui a voulu éliminer cet homme qui vient déranger toute son existence.

Le Manchot s'empressa de prévenir son collaborateur.

— Ne saute jamais trop vite aux conclusions. Tu risquerais de commettre des erreurs. Reviens au bureau, je vais t'expliquer mon idée et j'ai l'impression que tu vas sauter de joie. Et même si Michel tenta d'en savoir plus long, le Machot refusa de parler. Sitôt qu'il eut raccroché, le jeune détective mit le moteur de sa voiture en marche. Automatiquement, il jeta un coup d'œil dans son rétroviseur avant de s'engager dans la circulation et demeura un instant songeur.

En sortant de la demeure des Riendeau, il avait remarqué une voiture noire, stationnée au coin de la rue. Mais ce qui avait attiré son attention, c'était une des ailes de l'automobile. Elle avait dû être enfoncée dans un accident. On avait fait la réparation mais la peinture n'était pas terminée, le rouge qu'on avait appliqué sur l'aile droite avant était facilement remarquable.

« On dirait la même automobile. Pourtant, j'ai pris la peine de me stationner dans une petite rue. Après tout, c'est peut-être une coïncidence. »

Il démarra et quelques secondes plus tard, son véhicule s'engageait sur la rue Notre-Dame, en direction du centre-ville. Le trafic n'était pas intense et de temps à autre, Michel jetait un coup d'œil dans son rétroviseur. Il ne voyait plus la voiture amochée.

L'assistant du Manchot dut s'arrêter à un feu de circulation. Il n'y avait aucune voiture derrière lui. Toutefois, stationnée près du trottoir, à quelques centaines de pieds derrière, il reconnut l'automobile à l'aile rouge. Il remarqua même les deux hommes installés à l'avant.

Michel hésita. Devait-il prévenir le Manchot? Il était sûrement suivi.

«Ce n'est certes pas la Josée qui a pu les prévenir. Elle m'a pas quitté un instant et l'automobile était là quand je suis sorti de chez elle. Non, on devait surveiller sa demeure. Mais qui? Pourquoi? On s'attaque à ce supposé Voisard, on surveille également la maison des Riendeau. Ce n'est sûrement pas le même groupe.»

Refusant de comprendre, Michel décida de poursuivre sa route. Le moteur de son véhicule avait été renforcé et il avait bel et bien l'intention de semer ceux qui le poursuivaient.

«Venez, messieurs, nous allons avoir du plaisir.»

Tel un tigre, l'auto bondit en avant sitôt que la lumière passa au vert, tourna sur deux roues, vers la droite et se dirigea vers le port. La rue n'était pas très longue. Michel dut bifurquer à nouveau sur la droite. Il fila à toute vitesse sur la voie qui longeait le port. De temps à autre, il jetait un coup d'œil à l'arrière, l'autre voiture le tenait toujours en filature. Les hommes ne se cachaient plus.

«Eux aussi, ils ont une voiture dont le moteur a été trafiqué.»

Il tourna à droite une troisième fois et bientôt, se retrouva sur la rue Notre-Dame.

«S'il n'y a pas moyen de les semer, je vais chercher à les perdre dans le trafic.»

Plus il approchait du centre-ville, plus la circulation se faisait dense, mais pas suffisamment pour embrouiller ceux qui le suivaient. Le détective décida alors d'employer un truc, vieux comme le monde.

« Ou bien ils vont me heurter, ou ils vont passer devant moi et je pourrai relever le numéro de plaque. S'ils sont devant moi, ce sera plus facile de leur échapper par la suite. »

Profitant d'un moment où il n'y avait aucune voiture devant lui, Michel appuya sur l'accélérateur. Les poursuivants faisaient de même.

Puis soudain, sans avertissement, au moment où l'autre automobile se rapprochait, Michel appliqua brusquement les freins et sa voiture s'immobilisa. Cependant, il n'avait pas quitté son rétroviseur des yeux.

L'autre voiture continuait sa course à toute vitesse. Il y aurait sûrement accident, c'était pratiquement inévitable. Instinctivement, Michel se pencha pour se protéger la tête.

Il entendit crisser les pneus de la voiture des poursuivants. Le conducteur donna un violent coup de volant. Les deux automobiles se frôlèrent. Michel, sans le voir, sentit le passage de l'autre véhicule, tout juste à la hauteur du sien.

Un bruit sec se fit entendre. Lorsque les deux voitures furent à la même hauteur, une pluie de balles s'engouffra par la vitre ouverte de la voiture de Michel.

Chapitre V

DEUX CAMBRIOLEURS

Michel se redressa. Il avait eu la peur de sa vie. Il avait senti le sifflement des balles au-dessus de sa tête.

« Si je ne m'étais pas penché quand j'ai cru qu'il y aurait collision, je me serais sûrement fait descendre. »

Il remit son automobile en marche. La vitre du côté du passager, avait volé en éclats. Des curieux commençaient à se rassembler et Michel ne voulait pas donner des explications aux policiers.

Il changea immédiatement de rue, en emprunta une transversale et se rendit jusqu'à la rue Sherbrooke, une des artères principales est-ouest de la métropole. La circulation y était beaucoup plus intense et il se sentit en sécurité.

Il put se rendre sans encombre jusqu'aux locaux de l'agence situés dans l'ouest de la ville. Lorsque le Manchot le vit entrer dans son bureau, il lui demanda :

— Qu'est-ce que tu as ? Aurais-tu vu un fantôme ? Tu es plus pâle qu'un suaire.

Sans répondre, Michel se laissa tomber dans un fauteuil, étendit ses longues jambes et demanda d'une voix éteinte.

— Pourriez-vous m'apporter un verre d'eau ?

Et pendant que le Manchot le servait, Michel laissa échapper.

— Un peu plus et c'était un corps criblé de balles qui serait entré dans votre bureau.

Il vida son verre d'eau d'un trait puis raconta, à sa façon, l'aventure qui venait de lui arriver.

— J'ignore qui ça peut être, mais des criminels, des tueurs m'attendaient à la sortie de la maison de madame Riendeau. Je n'ai pas remarqué leur voiture tout de suite. Ce n'est que lorsque je vous ai téléphoné qu'elle a attiré mon attention. Alors, j'ai pensé aller les trouver et leur demander ce qu'ils désiraient. Mais ils étaient quatre ou cinq dans la voiture, armés jusqu'aux dents. J'ai donc jugé qu'il était plus prudent de revenir ici. Vous savez que ma voiture est d'une force peu commune. Eh bien, j'ai filé dans le port à plus de cent milles à l'heure.

— Cent milles?

Michel se reprit:

— Peut-être pas tout à fait, mais en tout cas, j'appuyais à fond sur l'accélérateur et ça filait en grande, mais j'ai pas pu réussir à les semer.

Il relata ensuite l'incident de la rue Notre-Dame.

— J'étais persuadé que la voiture des types viendrait s'écrabouiller dans la mienne. J'étais prêt à bondir, revolver au poing. J'ai freiné, l'autre voiture aussi, je me suis penché pour me protéger. C'est alors, je ne sais comment, que les assassins ont pu m'éviter. La voiture est passée près de la mienne et là, un des passagers, muni d'une mitrailleuse a tiré sur moi. Les balles sifflaient de tous les côtés. Heureusement, je m'étais penché.

Le Manchot, légèrement sceptique, sachant fort bien que Michel cherchait toujours à enjoliver ses récits, demanda :

— J'espère qu'ils n'ont pas blessé des passants. En tirant tant de balles...

— Non, du moins, je ne crois pas.

Puis, se rendant bien compte que son récit était quelque peu exagéré, Michel avoua :

— Ce n'était peut-être pas une mitraillette, mais on a tiré quatre ou cinq coups de feu. Vous verrez, la vitre du côté du passager a volé en éclats.

— Bon, ensuite, qu'as-tu fait ?

— N'écoutant que mon courage, je les ai poursuivis. J'étais sur le point de les rejoindre lorsque la circulation est devenue trop intense. Je les ai perdus.

— Nous allons les retracer facilement. Tu as le numéro d'immatriculation de leur véhicule ?

— Non.

Le Manchot fit mine d'être fort surpris :

— Comment, tu t'es approché d'eux, tu les as suivis de près et tu n'as pas songé à relever leur numéro de plaque ?

— C'est que... enfin, je n'étais pas assez près pour ça, vous comprenez...

— Je comprends très bien. Maintenant que tu as terminé le récit de ton aventure rocambolesque...

— Qu'est-ce que ça veut dire, rocambolesque ?

— Tu l'ignores? Rocambole fut un héros de roman qui vivait des aventures complètement invraisemblables où il y avait beaucoup d'exagération.

Michel toussa, il était fort mal à son aise.

— En tout cas, si vous me croyez pas, torrieu, je vous ferai voir les trous qu'ont laissés les balles.

Le Manchot ne put s'empêcher de rire.

— Allons, ne te fâches pas. Le principal, c'est que tu t'en sois sorti vivant. Une chose est certaine, nous sommes loin d'être les seuls à nous occuper de l'affaire Voisard. Ça commence à sentir réellement mauvais. L'inspecteur Bernier en sait probablement plus long qu'il ne veut le dire. Il doit s'amuser follement à nous voir patauger dans le noir. Mais, pas pour longtemps.

— Comment ça?

— Écoute-moi bien, Michel, j'ai un plan. Nous allons prendre un grand risque, mais si nous réussissons, j'aurai accompli un des meilleurs coups de ma carrière. Mon ami, l'inspecteur Jules Bernier regrettera sûrement de m'avoir lancé un défi.

*

* *

La voiture de Candy s'arrêta devant le chalet de l'avocat Perland. Une voiture se trouvait déjà en stationnement dans le côté de la maison.

— Ce doit être celle de l'inspecteur Bernier.

Candy descendit et alla frapper à la porte du chalet. Une seconde plus tard, une ombre se profila à l'intérieur, la porte s'ouvrit et elle reconnut l'officier en charge de l'escouade des homicides de la police de la Communauté urbaine de Montréal.

— Mademoiselle Varin, commenca Bernier.

Puis reconnaissant Candy, il s'écria :

— Si ce n'est pas mademoiselle Varin ? Je m'attendais à voir Robert Dumont. Je me rends compte que le Manchot n'a pas changé. Il délègue ses responsabilités à ses adjoints.

Avec un sourire épanoui, Candy répliqua calmement :

— Que voulez-vous, inspecteur ? Il a travaillé trop longtemps sous les ordres d'officiers de police qui agissaient de la même façon. Il peut avoir contracté quelques mauvaises habitudes. Vous savez sans doute que nous avons été engagés par maître Perland pour enquêter sur...

Bernier la coupa sèchement.

— Je sais tout ça.

— Cet homme, qui se dit être Henri Voisard, a été victime d'un attentat ? On a tenté de le tuer ? Je suppose que vous avez prévenu les autorités provinciales ?

— Pourquoi ? Voisard n'a pas été tué. Et puis, moi, je suis ici.

— Vous n'avez aucune juridiction sur ce territoire, inspecteur. Je sais pas ce que diront vos collègues du provincial quand ils apprendront que, non seulement vous ne rapportez pas une tentative de meurtre, mais que vous vous substituez à eux...

— Oh, un instant, la belle, une petite seconde. Vous sautez très vite aux conclusions. Qui vous dit qu'il y a eu tentative de meurtre ? Qui vous dit que je fais enquête ?

Candy ne savait trop que répondre.

— Maître Perland a téléphoné au bureau. Monsieur Voisard a été, semble-t-il, victime d'une tentative de meurtre.

Au même instant, une voix se fit entendre derrière l'inspecteur.

— Qu'est-ce que c'est ? Ne me quittez pas inspecteur !

— Mais non, mais non, ne vous inquiétez pas. C'est une amie. Je ne m'éloigne pas.

Bernier sortit à l'extérieur.

— Assoyons-nous dans votre voiture, nous pourrons causer sans qu'il nous entende.

Bernier ouvrit la portière de la voiture de Candy et s'installa à la place du conducteur. La jolie blonde fit le tour de l'automobile et en s'assoyant à son tour, elle murmura :

— Merci pour la porte. Je vois que c'est pas la galanterie qui vous étouffe.

Bernier eut un geste d'impatience.

— Excusez-moi ! J'aimerais bien que vous cessiez de me considérer comme un ennemi. C'est moi-même qui ai conseillé à Perland d'engager Robert Dumont.

Candy, selon une vieille habitude, croisa les jambes et sa robe remonta passablement au-dessus du genoux, découvrant une partie de sa cuisse. Tout de suite, elle remarqua que le regard de Bernier avait suivi le mouvement de la jambe. Instinctivement, elle eut l'idée de baisser sa jupe, mais se ravisa aussitôt. «Si ça le trouble, tant mieux.» Puis, à voix haute, elle demanda:

— Alors, qu'est-ce que vous avez de si important à me dire?

Bernier sortit brusquement de sa rêverie. En s'efforçant de sourire et de prendre une voix remplie de douceur, il déclara:

— Vous savez, il y a quelques années, quand vous avez voulu faire votre entrée dans la police, les femmes étaient plutôt rares; aujourd'hui, c'est différent. Je pourrais même demander à ce que vous fassiez partie de mon escouade.

— Inspecteur, j'ai pas de temps à perdre. Je suis venue ici pour questionner monsieur Voisard et...

Elle avait fait un mouvement comme pour ouvrir la portière. Bernier intervint rapidement.

— Vous vous êtes peut-être dérangée inutilement. Je suis loin d'être certain qu'on a voulu attenter à la vie de ce type qui dit s'appeler Henri Voisard.

— Quoi?

— J'espère que vous ne mettez pas ma parole en doute. J'ai vingt ans de métier et je sais quand un témoin dit la vérité.

Et Bernier ajouta:

— Cette affaire devient de plus en plus ténébreuse. Je vais vous conter ce qui s'est passé... du moins, la version de ce Voisard, puis la mienne.

Tout en jetant, de temps à autre, un regard sur les jambes de Candy, l'inspecteur commença son récit.

*

* *

— Alors, qu'est-ce que tu en penses?

Michel ne répondit pas immédiatement à la question du Manchot. Il se leva brusquement. Il était maintenant beaucoup plus calme.

— Vous voulez la vérité? fit-il en faisant volte-face et en regardant son patron.

— Évidemment!

— Je n'aime pas ça, pas du tout. Vous avez toujours dit qu'on devait travailler dans la légalité, ne jamais risquer de se mettre un doigt entre l'arbre et l'écorce et maintenant, c'est vous qui voulez déroger à cette règle.

Mais le Manchot avait bien l'intention de mettre son plan à exécution.

— Nous ne courons aucun risque. Si tu le préfères, tu pourras demeurer à l'extérieur pendant que moi, j'entrerai.

— Et si jamais on vous surprenait, vous pourriez être accusé de vol. Ce serait du joli.

— Parfois, il faut savoir prendre des risques.

Le Manchot avait décroché le récepteur de son appareil téléphonique. Il composa un numéro puis demanda:

— Je voudrais parler à maître Perland... c'est important, mademoiselle. Dites-lui que c'est Robert Dumont qui l'appelle.

Le détective appuya sur le bouton du haut-parleur. De cette façon, Michel pourrait suivre la conversation.

— Allo? fit une voix d'homme.

— Perland, ici Robert Dumont. Je ne vous dérangerai pas longtemps. Quand puis-je vous voir? Pas à votre bureau, mais chez vous.

— Pas avant ce soir. J'ai deux clients à rencontrer, puis il faut que j'assiste à une assemblée qui suit un dîner d'hommes d'affaires. Je ne crois pas que je serai à la maison avant onze heures ou minuit. Que se passe-t-il?

— Je vous expliquerai tout. Il y a des choses que nous ne pouvons discuter au téléphone. Votre épouse sera-t-elle à la maison vers la fin de la journée?

— Non, elle est sortie et comme elle sait que je ne serai pas là au souper, elle doit se rendre au restaurant avec des amis. J'ai bien peur qu'elle n'arrive pas à la maison avant moi. Mais qu'est-ce qui se passe? Si c'est urgent, venez à mon bureau. Je vous recevrai entre mes deux rendez-vous.

— Non, non, ça peut attendre. Merci quand même.

L'avocat voulut ajouter quelque chose mais déjà, le Manchot avait raccroché.

— Et maintenant, demanda-t-il à Michel, en se levant de son fauteuil, crois-tu toujours que le risque soit aussi grand?

Le grand Beaulac ne répondit pas à la question du Manchot. Il demanda plutôt:

— Quand voulez-vous y aller?

— Immédiatement. Nous attirerons moins l'attention durant le jour.

Mais Michel ne semblait pas du tout approuver l'initiative de son patron.

— Nous allons prendre votre voiture? La mienne, avec les trous de balles dans la vitre avant, ça pourrait attirer l'attention.

— Comme tu voudras.

La jolie Yamata, voyant que les deux hommes se préparaient à partir, demanda:

— Vous reviendrez avant la fermeture du bureau, monsieur Dumont?

— Je l'ignore. Fermez à cinq heures, comme à l'ordinaire. S'il survient quelque chose de spécial, vous laisserez le message à la secrétaire du service téléphonique.

— Bien, monsieur.

Michel, avant de sortir, recommanda à Yamata:

— Tu fais mieux de ne pas m'attendre pour souper.

— Tu reviendras tard?

Le grand détective haussa les épaules:

— Je ne sais même pas si je rentrerai. Il se peut que tu sois obligée de venir me rendre visite derrière les barreaux.

Et il sortit, laissant Yamata complètement éberluée. Le Manchot lui reprocha:

— Tu es idiot! Pourquoi l'inquiéter inutilement? Je ne te reconnais plus, Michel. Il y a quelques semaines, tu fonçais, tu faisais toujours face au danger et voilà que, maintenant, tu recules.

— Torrieu, je ne recule pas. Mais j'aime pas ça. Vous oubliez que votre grand ami, l'inspecteur Bernier, s'occupe aussi de cette affaire. Si jamais il apprend ce que nous voulons faire, il ne nous donnera aucune chance. Et puis, j'ai toujours aimé jouer aux policiers, mais pas aux voleurs.

Rapidement, la voiture du Manchot se dirigea vers la demeure de l'avocat Perland.

— Comment allez-vous faire pour vous introduire dans la maison? demanda Michel.

Le Manchot, après avoir stationné sa voiture non loin de la maison, ouvrit le compartiment à gants et sortit une petite trousse en cuir enveloppée dans une vieille guenille.

— Tu connais ça?

Le Manchot avait déplié la guenille et il montra à Michel le contenu de la trousse.

— C'est pire, murmura Beaulac. L'équipement complet du véritable cambrioleur. Vous me surprenez de jour en jour.

Dumont ouvrit la portière.

— Alors, tu viens?

— Je croyais devoir demeurer ici et surveiller les environs.

— Tu es beaucoup trop loin, d'ici tu vois à peine la maison. Et puis, j'aurai peut-être besoin de toi.

Il désigna deux serviettes en cuir que le Manchot avait pris soin d'apporter.

— Tiens, prends ça. Si tu préfères, tu resteras à l'extérieur.

Michel, à contrecœur, suivit son patron. Le Manchot avait l'attitude d'un enfant qui est en train de préparer un tour pendable.

« Torrieu, songeait Michel, quand il a l'inspecteur Bernier dans la tête, il est impossible de le faire agir sensément. »

On était déjà à la hauteur de la maison. Le Manchot ordonna à son collaborateur :

— Traverse de l'autre côté de la rue, promène-toi et surveille.

Les deux hommes portaient chacun un walkie-talkie miniature très sophistiqué. Ça leur permettait de pouvoir communiquer entre eux à une certaine distance.

Le Manchot se dirigea vers l'arrière de la maison. Il y avait une entrée de service avec deux portes. Heureusement, la seconde n'était pas fermée. Quant à la première porte, une serrure du type « Yale » servait de dispositif de fermeture. Pour le détective, ce fut un jeu d'enfant de faire jouer le déclic. « J'aurais pu faire toute une carrière, si j'avais voulu devenir cambrioleur. »

Dès qu'il fut à l'intérieur, il communiqua avec Michel.

— Je suis entré sans difficulté. Je me mets au travail. Si j'ai besoin de toi, je t'appellerai.

Immédiatement, il se dirigea vers l'appartement qui servait de bureau à l'avocat.

Le Manchot avait glissé un gant dans sa main droite. Il était ainsi assuré de ne laisser aucune empreinte digitale. Il fouilla dans les armoires, regarda dans les deux bibliothèques, puis ouvrit une garde-robe qui en réalité servait de placard à rangement. On y trouvait des boîtes remplies de livres que Perland n'avait pu classer dans ses bibliothèques. Environ dix minutes s'étaient déjà écoulées et le Manchot n'avait pas encore trouvé ce qu'il cherchait.

Il se rendit à la chambre du couple. Là encore, ses recherches s'avérèrent vaines.

Il descendit au sous-sol. Il était divisé en deux pièces : une sorte de petit salon, avec télévision et une plus grande salle. Dans une armoire, le Manchot ne trouva qu'un projecteur et un écran pour cinéma.

« Pourtant, ce n'est pas dans ses bureaux qu'il doit conserver ça. »

Il inspecta chacun des murs du sous-sol, pour voir s'il n'y avait pas une cachette quelque part. Déçu, il remonta l'escalier, jeta un coup d'œil dans la cuisine, puis dans une autre pièce, un vivoir qui pouvait également servir de salle d'attente au bureau de Perland.

Un petit signal se fit entendre. Le Manchot sortit son walkie-talkie de sa poche.

— Oui, qu'est-ce qu'il y a, Michel?

— Ça vient, boss? L'avocat ou quelqu'un d'autre peut finir par arriver.

— Je n'ai encore rien trouvé.

— C'est clair comme de l'eau de roche, torrieu. L'avocat ne garde pas ça chez-lui.

— C'est pourtant l'endroit le plus sûr.

Le Manchot se trouvait debout dans le corridor et il pouvait voir en même temps dans le vivoir et dans le bureau de l'avocat. Soudain, ses yeux fixèrent un mur du vivoir et une des bibliothèques du bureau, la plus petite.

— Attends une seconde, Michel, je viens de remarquer quelque chose. Ordinairement, les murs d'une maison sont égaux, pas vrai?

— Qu'est-ce que vous chantez-là?

— Je te rappelle.

Le détective entra dans le bureau de Perland, se dirigea vers la bibliothèque, retira quelques livres et frappa avec sa main sur le mur de bois.

« C'est bien ce que je pensais, il y a une pièce derrière cette bibliothèque, une pièce d'environ quatre ou cinq pieds de largeur, mais qui peut être assez longue. »

La bibliothèque devait sûrement pivoter. Il fallait trouver le mécanisme permettant de la déplacer. Où était-il caché? Le Manchot l'ignorait totalement. Il pouvait aussi bien s'agir d'un livre qu'il suffisait d'enlever, tout comme d'un bouton spécial caché quelque part.

Rapidement, ses yeux examinèrent tous les rayons, tous les livres. Aucun ne lui parut suspect.

Il glissa la main droite sur un côté de la bibliothèque sans plus de succès. Sur la bibliothèque qui avait environ cinq pieds de hauteur, il y avait une petite lampe, un cendrier et un porte-pipes, garni de six pipes de collection. Soudain, le Manchot sursauta: « Je n'ai jamais vu Perland avec une pipe. Un collectionneur qui ne fume pas, c'est plutôt rare. »

Il mit sa main sur le porte-pipes et chercha à le déplacer, mais il semblait vissé à la bibliothèque. Le Manchot posa sa main droite sur le porte-pipes et comme s'il s'était agi d'une roue, il le tourna lentement. Il sentit la bibliothèque se déplacer.

« Ça y est, je l'ai. »

La bibliothèque tourna suffisamment pour donner accès à la pièce qui se trouvait à l'arrière. Le Manchot s'y glissa et ne put s'empêcher d'émettre un sifflement.

« Dites donc, je viens de découvrir la mine d'or. »

Il s'empara de son walkie-talkie, appuya sur un bouton et trois secondes plus tard, il entendait la voix de Michel.

— Oui, qu'est-ce qu'il y a, j'écoute !

— Rien de spécial, sur la rue ?

— Non. Pourquoi ?

— Dans ce cas, viens vite me rejoindre. La porte arrière est ouverte. J'ai besoin de toi.

— Mais si quelqu'un... commença par protester Michel.

— Ne discute pas, coupa le Manchot. Fais vite, je t'attends.

Quelques instants plus tard, Michel entrait dans la demeure de l'avocat. Il demanda d'une voix éteinte :

— Hé, boss, où êtes-vous ?

— Deuxième porte, dans le corridor, fais vite.

Michel pénétra dans le bureau de l'avocat, n'aperçut pas le Manchot mais il comprit immédiatement ce qui se passait quand il vit que la bibliothèque avait été déplacée.

— Vous êtes là?

— Évidemment. J'ai eu de la difficulté à découvrir la cachette. Tiens, regarde sur ce pan de mur.

Il y avait de nombreuses cassettes en métal, des cassettes contenant sans doute des films.

— Fais vite, il faut emporter tout ce que l'on peut.

Le Manchot soupesait chacune des cassettes. Il y en avait quelques-unes qui étaient vides, mais la plupart contenaient des films.

— Allons, grouille, aide-moi.

Michel glissait rapidement les cassettes dans les serviettes de cuir. Il y en avait une trentaine. Heureusement que quelques-unes étaient vides, autrement, les deux serviettes de cuir n'auraient pu tout contenir.

— C'est l'entrepôt de l'avocat, dit le Manchot avec un sourire épanoui. Il y a là des dossiers qu'il veut conserver et surtout, ces films.

— Il me semble que ça se peut pas, murmura Michel. Toutes ces pellicules doivent pas être des films « cochons »?

— Non, sûrement pas. Comme tous les amateurs de cinéma, Perland a dû prendre quelques films de famille ou encore il a rapporté quelques souvenirs de vacances. Mais il y a sûrement quelques bobines « spéciales » autrement, pourquoi cacherait-il ces films dans ce réduit?

— Et vous croyez reconnaître l'inspecteur Bernier, sur un de ces films?

Michel avait fort bien deviné la pensée du Manchot. Robert Dumont savait que Bernier et Perland étaient des amis de longue date. Bernier ne détestait pas les femmes et les parties de plaisir improvisées.

— Si jamais je mets la main sur un film porno où se trouve l'inspecteur, je lui clouerai le bec pour toujours.

S'il en avait eu le temps, le Manchot aurait aimé jeter un coup d'œil sur les dossiers que l'avocat avait classés dans son réduit. Il y en avait peut-être un qui concernait Henri Voisard. Mais déjà, nos deux voleurs s'étaient trop attardés.

— Attention, ne touche à rien, tu n'as pas de gants. Il ne faut pas laisser d'empreintes. Si par hasard, dans ces cassettes, il n'y a aucun film pornographique, Perland n'hésiterait aucunement à nous faire arrêter, remarqua le Manchot.

Michel sortit du réduit le premier. Le Manchot le suivit et remit la bibliothèque en place. À cet instant, le grand Beaulac fit un signe.

— Une seconde, ne bougez pas.

Rapidement, il sortit de la pièce, traversa le corridor, entra dans le grand salon et se dirigea vers une des fenêtres. Une petite voiture venait de se stationner sur le côté de la maison.

— Boss, nous sommes pris. Impossible de sortir. Quelqu'un vient d'arriver. Je crois que c'est une femme.

Elle allait sûrement entrer par la porte arrière.

Le Manchot réfléchissait rapidement. Lui et Michel pouvaient tenter de fuir par l'avant, pendant que la femme entrerait par la porte arrière.

Si c'était Gaétane Perland, elle aurait vite fait de reconnaître le Manchot. La voiture était stationnée beaucoup trop loin pour que les deux détectives puissent compter la rejoindre avant que la femme ne les aperçoive.

Ce moment d'hésitation du Manchot venait de rendre la situation encore plus précaire, car déjà la porte arrière venait de s'ouvrir.

Les deux cambrioleurs allaient être pris sur le fait.

Chapitre VI

SÉANCE DE CINÉMA

— Cet homme, qui dit se nommer Henri Voisard, était seul dans le camp lorsqu'il a entendu un bruit de voiture. Il a voulu voir qui arrivait. C'est du moins ce qu'il m'a conté. Il s'est approché de la fenêtre ; à ce moment précis, il y eut un claquement sec et la fenêtre vola en éclats, raconta l'inspecteur à Candy.

— On tirait de l'extérieur ?

— Oui. Il prétend que la balle l'a frôlé. Il s'est immédiatement jeté à plat ventre et il a entendu un autre coup de feu. J'ai d'ailleurs retrouvé une balle qui s'était logée dans un des murs du chalet.

Candy demanda :

— A-t-il été touché ?

— Pas du tout. Il est resté un bon moment sans bouger, étendu sur le plancer puis, il y a eu bruit de moteur et une voiture a démarré en trombe. Voilà le récit de Voisard.

La sculpturale blonde voulut alors savoir pour quelles raisons l'inspecteur Bernier ne semblait pas prêter foi au récit de l'homme.

— Moi, si j'avais été à sa place fit le policier, après avoir entendu démarrer la voiture, je serais sorti immédiatement du chalet pour aller me cacher dans les bois. Mettez-vous à la place des agresseurs. Ils croient avoir touché leur victime, mais ils n'en sont pas persuadés. Que font-ils ?

Candy voulut montrer qu'elle savait aussi démêler les intrigues compliquées.

— À la place des agresseurs, je me cacherais quelque part, je me mettrais à l'abri et je surveillerais les environs. Si rien ne se passe, au bout de quatre ou cinq minutes, je descendrais de voiture et je retournerais vers le chalet afin de vérifier si j'ai bien abattu mon homme.

Bernier approuva.

— C'est exactement la réponse que je me suis faite. Voisard, lui, est resté non seulement à l'intérieur du chalet, mais il s'est empressé de téléphoner à l'avocat Perland.

— J'aurais peut-être fait la même chose. N'oubliez pas que Voisard a eu des difficultés avec les policiers, avec la justice. On refuse d'admettre son histoire.

— Je sais, mais tantôt, quand vous entrerez dans le chalet, vous verrez quelle erreur grossière commettait cet homme.

Bernier ne voulait pas en dire plus long pour le moment. Il continua son récit en disant à Candy qu'il était sorti du camp pour examiner l'extérieur.

— Il y avait bien des traces de pneus sur le terrain légèrement boueux. Mais avez-vous déjà vu les marques que font les pneus d'une voiture qui démarre en trombe? Les pneus s'enfoncent, ça laisse toujours des traces très profondes. Eh bien, je n'ai remarqué aucune de ces traces. Pourquoi alors Voisard a-t-il spécifié que la voiture était partie en trombe?

— Lui avez-vous laissé savoir que vous ne gobiez pas entièrement son histoire?

— Non. Je suis venu ici, dans le seul but d'aider mon ami Perland. Je croyais que Voisard avait appelé les policiers. Je connais la plupart des agents de la Sûreté de cette région. Mais il n'en avait rien fait. J'étais pour lui conseiller de revenir avec moi à Montréal quand vous êtes arrivée.

Candy se redressa et ouvrit la portière.

— J'aimerais bien le rencontrer, cet homme. Voulez-vous que je le confonde, moi? Nous pouvons facilement le mettre dans ses petits souliers.

— De quelle façon?

— J'ai plus d'un tour dans mon sac, vous savez. Qui vous dit que je n'habite pas cette région? Si Voisard n'a pas été victime d'une agression, c'est lui-même qui aurait tiré les deux balles, une dans la fenêtre pour briser la vitre et la seconde dans le mur, à quelques pieds du plancher.

— Je le crois, fit l'inspecteur en descendant de voiture.

— Supposons que je laisse croire à Voisard que je suis venue ici, beaucoup plus tôt, croyant y rencontrer maître Perland. Je puis dire que j'ai vu Voisard, en train de tirer dans le chalet et que j'ai cru qu'il voulait attaquer quelqu'un...

Bernier, de son air renfrogné des mauvais jours, répliqua d'un ton qui n'admettait aucune réplique.

— Non, ne faites pas ça.

Candy garda son calme.

— Et pourquoi ? Craignez-vous que je réussisse à connaître une partie de la vérité ? Vous ne changerez jamais, inspecteur. Vous voulez diriger tout le monde, même ceux qui ne sont pas sous vos ordres.

Bernier faisait un visible effort pour ne pas laisser éclater sa colère.

— J'ai plus de vingt ans de métier, mademoiselle. Il est bon de tendre un piège à un suspect. Mais supposons un instant que Voisard ait réellement été attaqué, c'est toujours possible. Vous deviendriez une menteuse, Voisard ne vous ferait plus confiance, non seulement vous n'avanceriez pas dans votre enquête, mais vous reculeriez de plusieurs pas.

Ils approchaient du chalet.

— Prenez mon conseil, mademoiselle Candy. Quand on veut tendre un piège à un suspect, il faut analyser les résultats que ça pourrait apporter. Si Voisard perd la tête, s'il avoue qu'il a lui-même voulu faire croire qu'il avait été victime d'une agression, ça vous avancerait à quoi ?

— Nous saurions alors qu'il a menti, qu'il n'est pas Voisard et...

Bernier s'écria :

— Mais, pas du tout, bien au contraire. Il dira qu'il a monté toute cette mise en scène pour faire bouger l'enquête. Supposons un instant que notre homme soit réellement Henri Voisard, mais qu'il ne peut le prouver. Il devient de plus en plus nerveux, il est capable de tout.

Candy dut admettre que l'inspecteur avait raison.

— Si vous étiez Robert Dumont, je vous laisserais agir à votre guise. Je la connais bien cette tête de cochon qui ne veut jamais écouter un conseil...

— Je vous en prie, inspecteur, jusqu'ici, vous vous êtes montré fort gentil. N'allez pas tout gâcher. Actuellement, votre hargne est en train de faire surface. Il y a quelques instants, dans la voiture, vous me plaisiez...

Bernier posa la main sur le bras de la blonde et appliqua un légère pression :

— C'est vrai ? Vous ne me détestez pas ?

Pour toute réponse, Candy désigna la fenêtre du chalet qui donnait sur le devant.

— J'ai vu bouger le rideau, notre homme nous observe.

Elle avait raison puisque la porte s'ouvrit presque aussitôt. Un homme parut. Il était grand, mais plutôt maigre, la figure sillonnée de traits et de cicatrices, le teint blafard, des yeux perçants surmontés d'épais sourcils tout blancs. Tout de suite, on devinait que cet homme n'avait pas eu une vie facile. Voisard était très nerveux. Son ton sec, ses mouvements de mains qui, à la longue, fatiguaient ses interlocuteurs, ne laissaient aucun doute. Il clignait régulièrement des yeux, comme si la lumière l'éblouissait. Souvent, il portait les mains à sa figure, se couvrait le visage, se frottait le front ou encore les yeux, comme s'il avait voulu éloigner de lui le cauchemar qu'il vivait.

— Qu'est-ce que c'est? Qui est cette fille?

— Calmez-vous, Voisard, c'est une amie.

Il se frotta vigoureusement la figure, regarda longuement Candy, puis se tournant du côté de Bernier, il demanda:

— L'avez-vous fouillée? Elle est peut-être armée, c'est peut-être elle qui a voulu me tuer?

Le couple était entré dans le chalet. Candy tenta de calmer celui que Perland avait appelé « le revenant ».

— Votre avocat vous a sans doute appris qu'il avait retenu les services du meilleur des détectives privés?

Cette phrase, dans la bouche de Bernier, sonnait aussi faux qu'un air de samba pendant les funérailles.

— Oui, oui, il me l'a dit. Mais ce Manchot, où est-il? Que fait-il? Pourquoi ne se montre-t-il pas?

— Je suis son assistante, dit Candy. Quand nous avons appris que vous aviez été victime d'un attentat, il m'a déléguée immédiatement.

Encore une fois, il passa ses mains dans sa figure.

— Non, non, je n'ai pas confiance aux femmes. J'avais une femme, une épouse et elle me rejette comme si j'étais un déchet. Dire qu'autrefois, elle m'a fait croire qu'elle m'aimait. De la comédie. On m'a trompé, toute ma vie, on s'est moqué de moi. On ne voulait que mon argent.

L'assistante du Manchot demanda alors :

— Dans ce cas, pourquoi voulez-vous reprendre votre vie avec elle ?

— Gaétane, comme toutes les femmes, se laisse influencer par ce Riendeau, son mari. Il a peur de perdre sa fortune. Pourtant, je ne veux aucun mal à cet homme.

Voisard répétait toujours le même geste, cette friction de la figure faite d'une façon désordonnée. L'inspecteur décida d'intervenir.

— Racontez à mademoiselle ce qui vous est arrivé.

— Pourquoi ? Je vous ai tout dit, à vous. Vous êtes policier, non ?

Il haussa le ton.

— Au lieu de rester là, pourquoi ne cherchez-vous pas à rattraper ces criminels ? Vous êtes tous contre moi, tous. Vous voulez me voir disparaître. Ça arrangerait les choses, avouez-le donc.

Candy comprit qu'elle perdait un temps précieux à tenter de vouloir faire parler cet homme. Il semblait même quelque peu déséquilibré. Aussi, elle alla jeter un coup d'œil à la fenêtre et regarda les morceaux de vitre brisée qui n'avaient même pas été enlevés.

Voisard s'était rapidement approché d'elle.

— Vous voyez, mademoiselle ce qu'on a voulu me faire ? J'étais debout, ici, pour regarder qui venait. Je me suis penché car l'arbre, qui se trouve devant le chalet, me cachait quelque peu la vue. C'est ce qui m'a sauvé, autrement, j'aurais reçu la décharge en pleine poitrine. Je n'ai pas perdu mon sang-froid. Je me suis laissé tomber, tout comme si j'avais été touché. J'ai l'habitude de faire face au danger. Je n'ai pas bougé et c'est alors qu'on a tiré le second coup.

Rapidement, il se rendit au mur qui faisait face à la fenêtre et montra le trou fait par la balle.

— Regardez ! Je n'invente tout de même pas cette histoire. Ensuite, ils sont partis. Mais, je ne suis pas fou. On démarre en trombe pour faire croire qu'on s'éloigne, c'est un vieux truc. Au cours de mes aventures en Afrique, quand nous avons été attaqués par des tribus ennemies, on a employé le même stratagème. Tous, nous faisions mine de partir, mais nous laissions quelqu'un derrière, bien caché, quelqu'un qui prenait les autres par surprise. Tout homme normal, après le départ de la voiture, serait sorti du chalet pour voir la voiture s'éloigner. Ça aurait été ma mort. On devait s'attendre à ça. C'est dix minutes plus tard, armé d'un fusil, que j'ai fait le tour du camp.

Candy dut admettre que Voisard avait autant raison que l'inspecteur Bernier, son explication était fort logique.

Nerveusement, il se passa les mains dans la figure, puis questionna, tel une véritable mitraillette :

— Ce Manchot a-t-il commencé son enquête ? Avez-vous réussi à faire parler Josée ? Je suis certain qu'elle m'a reconnu. A-t-on essayé de retrouver mes amis d'autrefois ? Et mon frère Vincent, a-t-on de ses nouvelles ? Va-t-on encore me laisser enfermé ici, à la merci de ceux qui veulent me tuer? Avez-vous appréhendé Riendeau? C'est sûrement lui qui a décidé de m'éliminer. Y a-t-il une justice? Vais-je être obligé de finir mes jours dans la misère?

Candy voulut intervenir, mais l'inspecteur Bernier lui fit un petit signe et s'avança devant cet étrange bonhomme.

— Voisard, j'ai un marché à vous proposer. Perland a voulu bien faire en vous envoyant ici, il voulait vous mettre à l'abri. Vous devez rester à la disposition de la justice et du Manchot qui voudra sûrement vous interroger. Vous avez été victime d'une agression. Alors, voici ce que je vous propose.

— Quoi donc?

— Je vous amène avec moi et je vous fais enfermer dans une cellule.

L'homme bondit, tel un tigre prêt à dévorer sa proie.

— C'est ça, allez-y, arrêtez-moi comme un criminel. Je veux faire reconnaître mes droits et c'est moi que l'on va enfermer. Jamais, vous entendez, jamais je n'aurais dû revenir au Québec. Au moins, là-bas, on me traitait comme un être humain.

Candy trouvait l'idée de l'inspecteur excellente.

— Tout ce que désire l'inspecteur Bernier, c'est de vous mettre à l'abri.

— Mais on n'arrête pas les gens pour rien. On ne les enferme pas dans un cachot sans porter d'accusation?

Bernier approuva.

— Vous avez entièrement raison. Aussi, je vous accuserai tout simplement d'avoir voulu vous accaparer d'une fortune qui n'est pas vôtre. On ne peut rien prouver, mais ça nous permettra de continuer notre enquête sans aucun risque.

Voisard était hésitant. Soudain, il décida :

— Je vais tenter de contacter mon avocat. Je veux lui demander conseil.

Il s'avança vers la petite table sur laquelle se trouvait l'appareil téléphonique et c'est alors que Candy comprit ce qu'avait voulu dire l'inspecteur Bernier, quelques minutes plus tôt.

La table était placée juste devant la fenêtre. En téléphonant, quelques instants seulement après l'attentat, Voisard était devenu une cible idéale pour les criminels qui avaient voulu attenter à sa vie.

« L'inspecteur a raison, songea Candy. Un homme qui vient tout juste de frôler la mort, ne s'exposerait jamais de cette façon. »

Voisard fit deux appels, mais l'avocat Perland n'était ni chez lui ni à son bureau.

— Écoutez, trancha l'inspecteur, il est inutile de perdre notre temps ici. Vous allez rentrer avec moi à Montréal. Là-bas, nous joindrons Perland et je suis certain qu'il sera de mon avis.

— C'est la meilleure solution, approuva Candy.

On trouva quelques morceaux de bois pour masquer la fenêtre brisée et empêcher le froid de se répandre à l'intérieur du chalet. Enfin, le trio sortit, Voisard s'installa dans la voiture de Bernier et ce dernier s'attarda quelques secondes auprès de Candy.

— Si vous n'aviez pas eu de voiture, ça m'aurait fait excessivement plaisir de vous ramener à Montréal.

Puis, après avoir hésité une seconde, il demanda :

— Si on pouvait se rencontrer un soir, nous pourrions échanger nos vues sur cette affaire..., vous apprendriez également à mieux me connaître.

— J'y penserai, inspecteur.

Avant de monter dans sa voiture, elle ajouta :

— Vous êtes gentil... quand vous le voulez.

*

* *

Le Manchot, rapidement, s'était adossé au mur, tout près de la porte. Il fit signe à Michel de ne pas bouger, tout en murmurant :

— Elle ne te connaît pas, toi. Laisse-moi faire.

Gaétane Perland parut dans l'entrée. Elle semblait hésitante, se demandant comment son mari avait pu partir sans avoir verrouillé la porte arrière. Et soudain, elle aperçut le grand Michel Beaulac et poussa un cri.

— Qu'est-ce que vous faites là ?

— Allons, soyez calme, madame. Je suis policier.

Elle fit un pas en avant.

— Policier, allons donc, je...

Elle ne put en dire plus long. Le Manchot avait fait un pas en avant et l'avait saisie brusquement à la gorge.

Quelques secondes plus tard, Gaétane Perland s'écroulait, inconsciente.

— Qu'est-ce que vous avez fait? cria Michel. Mais vous êtes fou! Vous l'avez étranglée.

— Ne sois pas ridicule. C'est une simple prise de jiu-jitsu. En lutte, on appelle ça la prise du sommeil. Elle reprendra ses sens dans deux ou trois minutes. Vite, filons.

Michel ne se fit pas prier et sortit en courant. Heureusement, le Manchot sut le retenir, autrement, il aurait sûrement attiré l'attention.

— Du calme, Michel, du calme. Marchons comme deux hommes d'affaires qui causent de leurs affaires. On ne sait jamais qui peut nous observer.

Le grand Beaulac ne put respirer à l'aise que lorsqu'il fut installé dans la voiture.

— Nous retournons au bureau. Nous mettrons ces cassettes en sécurité, puis tu iras louer un projecteur. Dès ce soir, si ça t'intéresse, nous assisterons à une séance de cinéma.

— Vous n'avez pas l'intention de regarder tous ces films? Nous en aurons pour la nuit.

— Mais non. Nous ne visionnerons que les films qui nous intéressent.

Michel ne put s'empêcher de rire.

— Autrement dit, les petits films « cochons »? Je ne vous connaissais pas sous ce jour-là, boss. Risquer la prison pour pouvoir satisfaire son voyeurisme, ça devient grave.

— Ne sois donc pas ridicule.

— Puisque vous organisez une séance de projection, est-ce que je peux y emmener Yamata ?

— Ce n'est pas la place d'une femme, surtout pour ce genre de spectacle.

— Torrieu, on est marié. Yamata n'est plus une enfant.

— Fais comme tu voudras. Tout ce que je te demande, c'est de louer un projecteur et un écran. Si l'inspecteur Bernier a le malheur d'apparaître dans un de ces films orgiaques...

Le Manchot ne termina pas sa phrase. Toutefois, Michel comprit que son patron se vengerait, à sa façon, de tous les tourments que lui avait fait endurer son ex-supérieur.

C'était l'heure de fermer les portes de l'agence. Michel devait se hâter s'il voulait louer un projecteur. Les boutiques qui se spécialisaient dans la vente et la location d'équipement audio-visuel fermaient soit à cinq heures trente, soit à six heures.

Il sortit donc du bureau, en compagnie de Yamata et le Manchot décida enfin d'aller jeter un coup d'œil à la voiture de Michel.

— Si elle est inutilisable, je te passerai la mienne et je ne bougerai pas de l'agence. D'ailleurs, Candy devrait me donner de ses nouvelles très bientôt, remarqua Dumont.

Le Manchot jeta un coup d'œil sur les marques laissées par les balles.

— Ta fenêtre était ouverte ? demanda-t-il à son adjoint.

— Oui.

— Et tu t'es penché juste à temps pour éviter d'être tué?

— En plein ça, j'ai entendu les balles siffler à mon oreille.

— Elles ont sifflé de loin, murmura le Manchot. Regarde ces marques. Ces hommes étaient à ta hauteur. Celui qui a visé n'avait sûrement pas une bonne vue. Il a presque tiré dans le pare-brise. Pour te toucher, il aurait fallu qu'il tire de côté. La vitre de la portière du passager a volé en éclats, mais les balles ont frappé en haut, à droite. Tu ne risquais absolument rien.

Le jeune détective dut constater que son patron avait raison.

— Vous voulez dire que...

— Ces hommes n'ont pas voulu te tuer, pas immédiatement. C'était, disons, un avertissement. On ne veut sans doute pas que nous nous occupions de cette affaire. Pour le moment, tu peux te servir de ta voiture, demain tu feras remplacer cette vitre. Téléphone-moi quand tu auras le projecteur. À moins d'imprévus, c'est ce soir que nous visionnerons ces films.

Le Manchot retourna à son bureau. Une quinzaine de minutes plus tard, il recevait un appel téléphonique de Candy.

— Où te trouves-tu présentement?

— Dans ma voiture, je fais route vers Montréal. Dois-je me rapporter au bureau?

— Tu as appris des choses intéressantes?

— Oui. Premièrement, l'inspecteur Bernier peut être gentil, quand il le veut. Quant à l'agression contre Voisard, c'est peut-être une tentative de meurtre tout aussi bien qu'un coup monté par Voisard lui-même. Bernier est de ce dernier avis. De toute façon, on a décidé de ne pas prendre de chances.

— Comment ça?

— Voisard revient en compagnie de l'inspecteur et ce dernier va le placer en cellule pour quelques heures.

Candy lui raconta rapidement les accusations que voulait porter Bernier contre cet homme étrange.

— Pour une fois, admit le Manchot, il agit sensément. Eh bien, puisque tu n'as rien de nouveau, rapporte-toi au bureau aux environs de sept heures.

Candy était surprise.

— Au bureau de l'agence?

— Oui. Nous essaierons de comprendre quelque chose dans cette affaire ténébreuse et ensuite, nous te réservons une surprise, Michel et moi. Pour l'instant, je ne peux t'en dire plus long.

Michel téléphona à son tour pour apprendre à son patron qu'il avait pu trouver l'équipement nécessaire à la projection des films.

— Bon, rapporte-toi à sept heures, à l'agence.

Le détective décida d'aller prendre un bon repas, il avait une faim de loup et lorsque l'estomac est vide, c'est toujours plus difficile de bien réfléchir. « Quand le ventre est creux, le cerveau ne pense qu'à crier famine. Si le ventre est trop plein, le cerveau s'endort. Un juste équilibre met toutes les cellules en ébullition. »

Il se rendit donc dans un excellent restaurant tout près des bureaux de l'agence. Il commanda le repas du jour agrémenté d'un excellent vin. Pendant qu'il mangeait, le détective prenait des notes, noircissant plusieurs pages de son inséparable petit calepin noir.

Il était à peine six heures quarante-cinq lorsqu'il revint à son bureau. Il se mit en communication avec son service téléphonique et la secrétaire lui apprit que l'avocat Perland l'avait appelé à trois reprises.

— Il est chez lui, il a dit qu'il serait là dès six heures et il attend votre appel.

— Merci, je vais reprendre mon service pour quelques heures, je vous rappellerai.

— Bien, monsieur Dumont.

Le détective savait fort bien que l'avocat avait dû être prévenu par son épouse de l'attentat dont elle avait été victime. Il téléphona donc à la demeure de Perland et immédiatement, dès le premier coup de sonnette, il perçut la voix de l'avocat.

— Ici Robert Dumont, vous m'avez téléphoné, Perland ?

— Oui, il faut absolument que vous veniez chez moi. On a tenté de tuer ma femme. Probablement que ceux qui l'ont attaquée voulaient la violer.

Le Manchot ricana :

— Ça lui aurait sans doute fait plaisir.

— Je suis sérieux, Manchot. Au moins deux

hommes se sont introduits chez moi pendant mon absence. Mon épouse les a surpris, mais elle fut attaquée par derrière. On a cherché à l'étrangler. Probable que les deux malfaiteurs ont été dérangés. Ils ont réussi à prendre la fuite.

Dumont demanda :

— Pourquoi m'appelez-vous ? C'est plutôt la police que vous devriez prévenir. Votre épouse est-elle grièvement blessée ?

— Non, non, elle n'a été qu'étourdie. Je n'ai pas osé téléphoner à la police et ce pour trois raisons précises. Premièrement, les deux hommes qui se sont introduits chez moi n'ont rien volé.

Avec un sourire au coin de la bouche, le Manchot insista :

— Vous êtes certain de ça ? Vous avez regardé partout ?

— Évidemment. Je possède des tas de documents à la maison, mais on n'a touché à rien.

Le Manchot avait maintenant la certitude que les fameux films devaient contenir des scènes passablement explosives.

— Et les deux autres raisons précises, comme vous dites ?

— Je déteste le scandale et la publicité. Il y a toujours des journalistes à l'affût et si on apprend ce qui s'est passé, mon nom paraîtra dans tous les journaux à potins. Enfin, il se peut fort bien que les deux cambrioleurs se soient introduits chez moi pour obtenir des renseignements sur Voisard. Alors, à ce moment-là, c'est vous que ça concerne, Manchot.

Dumont, s'efforçant de cacher son inquiétude, demanda :

— Votre femme pourrait-elle reconnaître ses agresseurs ?

— Elle n'en a vu qu'un, l'espace d'une seconde. Elle a été incapable de me le décrire.

Le détective laissa échapper un soupir de soulagement, pendant que l'avocat continuait.

— L'homme lui a paru grand, assez gros, plutôt jeune, mais elle ne le reconnaîtrait pas. Tout s'est passé trop vite. L'homme qui a saisi ma femme par l'arrière portait des gants. Ça, elle en est certaine.

— Donc, il ne doit y avoir aucune empreinte digitale. Ce serait du temps perdu que de me rendre chez vous. J'ai beaucoup plus à faire.

Perland demanda :

— Vous vous êtes occupé de l'enquête ? Vous savez sans doute que l'inspecteur Bernier a décidé de placer Voisard en sécurité derrière les barreaux ?

— Je sais tout ça. Demain, je communiquerai avec vous. J'aurai peut être beaucoup de nouveau à vous apprendre.

L'avocat était sûrement nerveux.

— Mais, en attendant, qu'est-ce que je fais ?

— Absolument rien. Si vous craignez pour la vertu de votre épouse, ne la laissez pas seule. Quant à vos cambrioleurs, puisqu'ils ont échoué, ils ne retourneront pas chez vous, surtout si vous ne bougez pas de votre maison. C'est ce que je vous conseille. Si vous avez trop peur, et bien, prévenez la police. C'est le seul conseil que je puisse vous donner. Maintenant, excusez-moi, mais j'ai un rendez-vous important.

Le détective raccrocha sans lui donner l'occasion de lui répondre.

« Si Michel peut arriver, j'ai de plus en plus hâte de regarder ces films. »

Lorsque les employés du Manchot furent de retour, il demanda à Yamata d'installer l'écran et le projecteur dans le gymnase attenant à son bureau puis, il se retira avec Candy et Michel.

— J'ignore si vous avez eu le temps de songer à cette ténébreuse affaire ; moi, j'y ai beaucoup réfléchi.

— Et puis ?

Le Manchot sortit son calepin de sa poche.

— J'avoue que je suis toujours dans le mystère. Non, je ne comprends pas exactement ce qui se passe. Tout d'abord, Perland m'engage afin que je puisse débrouiller cette affaire. L'avocat, dans tout ça, n'a rien à perdre. S'il prouve que l'inconnu est bien Voisard, il sera généreusement récompensé. Par contre, si l'inverse se produit, ce sera Riendeau qui paiera ses services. La police ne peut l'aider. Il veut m'engager et me tend un piège pour me forcer à m'occuper de l'affaire. C'est à compter de ce moment que ça se complique. Toi, Michel, tu te rends interroger madame Voisard-Riendeau. Elle ne peut affirmer catégoriquement que cet homme n'est pas son mari. Tu sors de chez elle et on te suit. On tire même sur toi, mais simplement pour te faire peur.

Candy allait de surprise en surprise, car elle ignorait tout ce qui s'était passé.

— Ce n'est certes pas l'avocat qui t'a fait suivre. Une seule solution possible, Riendeau fait surveiller son épouse, il veut protéger sa fortune. Donc, ce doit être lui qui a engagé des hommes. Puis, Voisard, qui se trouve au chalet de Perland, est victime d'une agression. Il me semble que Riendeau ne peut avoir engagé une aussi grande quantité d'hommes pour surveiller sa demeure, son épouse et pour suivre Voisard. J'élimine donc Riendeau en ce qui concerne cette attaque. Quant à Perland, il n'a aucun intérêt à faire disparaître son témoin.

— Vous oubliez que Voisard peut avoir monté ce coup, fit Candy. Ça expliquerait bien des choses.

— Peut-être, mais moi, je ne partage pas l'avis de Bernier. Si Voisard avait préparé cette supposée attaque, il n'aurait jamais accepté que Bernier l'enferme. S'il n'a pas protesté, c'est qu'il craint pour sa vie. Il y a un inconnu quelque part, un groupe que l'on ne connaît pas. Des gens qui ont intérêt à ce que Voisard demeure toujours au rang des disparus ou des morts. Mais qui sont-ils? Pourquoi agissent-ils ainsi? Ce ne sont pas des enfants d'école. Ce sont des professionnels. Ils n'hésitent pas à jouer du revolver, ils savent que nous sommes sur l'affaire. Ils agissent sur plusieurs points à la fois.

Michel interrompit son patron.

— Il peut même y avoir deux groupes. Un

premier qui veut que Voisard prouve qu'il est bien celui qui est disparu il y a trois ans et un autre qui veut absolument empêcher que la vérité éclate.

Yamata venait de paraître dans l'embrasure de la porte.

— Tout est prêt, dit-elle, le projecteur est installé.

— Allons-y, fit le Manchot ça va sûrement nous changer les idées.

— Ou bien nous en donner, fit Michel avec le sourire.

Candy voulut en savoir plus long.

— Mais qu'est-ce que c'est que cette séance de cinéma? Ça semble mystérieux.

— Vous pensez qu'elle peut regarder, boss? demanda Michel. Ça pourrait l'offusquer. Candy joue les femmes délurées, mais au fond...

— Si tu veux laisser croire que je suis scrupuleuse, le grand, je pourrais facilement te donner des preuves du contraire, mais ça ne plairait pas à Yamata.

La jeune Japonaise demanda, d'un air soupçonneux:

— Qu'est-ce qu'elle a voulu dire?

— T'occupe pas d'elle. Elle me déteste tellement qu'elle pourrait inventer toutes sortes de choses pour briser notre bonheur. Elle est jalouse de nous, parce qu'elle est incapable de s'attacher à un homme.

Candy était rouge de colère, mais heureusement, le Manchot calma les esprits en conduisant son équipe dans le gymnase transformé en salle de projection.

— Ordinairement, dit-il, sur ces boîtes qui contiennent les bobines, on met des indications. Perland n'y a inscrit que des chiffres. Il doit avoir un agenda pour s'y retrouver.

Le Manchot installa une première bobine. Tout de suite, on se rendit compte que ce film avait été tourné au cours de vacances dans le Sud. On y voyait Perland, son épouse et de nombreux inconnus.

— Inutile d'aller plus loin, se dit le Manchot. Regardons une autre bobine.

Michel demanda :

— Est-ce la bobine numéro un que vous avez prise ?

— Oui, pourquoi ?

— Perland doit avoir un certain ordre. Les premiers numéros doivent tous contenir des souvenirs de famille.

Le Manchot prit la bobine numéro 5. Il s'agissait encore d'un film sur des vacances, mais cette fois, en Europe. Le détective n'attendit pas une seconde de plus. Il changea la bobine, plaçant sur l'appareil celle qui portait le numéro 15.

— Oh ! Oh ! Cette fois, nous venons de trouver quelque chose d'intéressant.

On voyait le salon des Perland. Quelques couples se promenaient, des verres à la main. Mais la caméra ne bougeait pas, fixant toujours le même coin du salon.

— Une caméra cachée, sans aucun doute, murmura le Manchot.

À un certain moment, on vit Perland donner des ordres. On déplaçait des meubles, on plaçait des coussins sur le tapis. L'avocat prenait bien soin de nettoyer le coin que la caméra pouvait capter. Les couples, trois hommes et trois femmes s'assirent sur les coussins et on commença à jouer au poker. Soudain, une femme se leva et retira sa robe, puis un homme enleva sa cravate.

Michel poussa une exclamation:

— Mais, c'est un strip-poker? Torrieu, ça devient intéressant.

Le film avait été coupé à plusieurs endroits. On en avait fait un montage pour que l'action soit plus rapide. Maintenant, on voyait un des hommes, vêtu seulement de son slip. Une femme détachait son soutien-gorge, découvrant une paire de seins pendant presque jusqu'au ventre. Yamata et Candy n'osaient pas dire un mot.

Soudain, l'image changea. C'était la caméra cachée dans la chambre à coucher du couple qui photographiait la scène. Le Manchot reconnut Gaétane Perland avec un individu. Tous les deux étaient en train de faire l'amour et le film pouvait rivaliser avec les meilleures productions pornographiques. Brusquement, le Manchot arrêta la projection.

— Hé, qu'est-ce que vous faites? s'exclama Michel. Vous coupez ça dans le meilleur.

Yamata serra la main du grand détective dans la sienne:

— Tais-toi donc, « cochon », murmura-t-elle.

— Au moins, si c'étaient de belles femmes, fit Candy d'un ton moqueur.

— Tout le monde ne peut pas avoir des seins gros comme des citrouilles, ricana Michel.

Le Manchot était en train de changer la bobine.

— Calmez-vous ! Avoir su, je ne vous aurais pas invité. Nous ne sommes pas ici pour assister à un spectacle émoustillant.

Et il mit Candy et Yamata au courant de ses recherches.

— Il se peut qu'au cours d'une de ces orgies filmées, on aperçoive l'inspecteur Bernier.

Candy sursauta :

— L'inspecteur ?

— Parfaitement, un ami intime de Perland. Que je trouve seulement un de ces films et vous verrez que nos difficultés avec la police de la C.U.M. s'aplaniront automatiquement. Alors, ne vous laissez pas déranger par... par l'action. Regardez plutôt les figures.

Les trois films suivant ressemblaient au dernier. Ce n'était que des scènes d'orgies. Sur l'écran, maintenant, on pouvait voir deux femmes en train de se caresser.

— Trop, c'est trop, murmura Candy. Ça commence à m'écœurer.

Quant à Yamata, elle s'était rapprochée de Michel. Elle ne parlait plus mais elle se collait contre lui et sa main caressait la cuisse de Michel. Elle semblait être la seule à être émoustillée par la projection. Michel, mal à l'aise, se sentit obligé de la repousser et de lui faire un reproche des yeux.

Une autre bobine commença.

— Tiens, ce n'est plus du tout des couples, des hommes seulement.

En effet, on pouvait voir quatre hommes entrer dans le bureau de Perland. Il était clair que ce film avait été tourné à leur insu.

— Ce doit être une réunion spéciale que Perland a tenu à conserver. Rien d'intéressant pour nous, déclara le Manchot.

Et il allait arrêter la projection, lorsque Michel s'écria :

— Attendez une seconde, boss... pouvez-vous ramener le film à l'arrière ?

— Pourquoi ?

— J'ai cru reconnaître quelqu'un, l'homme qui est passé un peu plus près de la caméra.

Sur l'écran, deux des visiteurs de Perland se tenaient debout, près de la porte, tels deux gardes. Les deux autres s'étaient assis dans des fauteuils. Le Manchot appuya sur un bouton et l'image fit marche arrière.

— Arrêtez ! Juste là ! fit Michel. Reconnaissez-vous cet homme, patron ?

— Non.

— Je l'ai rencontré deux ou trois fois. J'ignore qui c'est, mais c'est un ami de monsieur Lionel.

Celui qu'on appelait « Monsieur Lionel » était un des chefs du milieu de la pègre. Michel l'avait bien connu à l'époque où il avait été congédié des rangs de la police municipale, où il avait sombré dans la déchéance, s'adonnant au jeu, à la boisson et à la drogue.

— Tu es certain de ça? demanda le Manchot.

— Persuadé. Et l'autre qui est assis, je crois l'avoir déjà vu, mais je n'en suis pas certain, répondit Beaulac. Vous savez ce que ça veut dire, boss? Non seulement votre avocat est un ami de l'inspecteur Bernier, mais il a aussi des ramifications dans le milieu.

Et le film continuait de se dérouler sur l'écran, pendant que les deux hommes discutaient. Soudain, Candy se leva et, instinctivement, se rapprocha de l'écran.

— Qu'est-ce que tu as, toi? demanda Michel.

— Non, à un certain moment, j'ai cru... non, ce n'est pas lui.

Debout, près de la porte d'entrée du bureau de l'avocat, Candy étudiait la physionomie d'un des deux types, l'un des gardes du corps. Il était assez grand, costaud. Ses cheveux étaient coupés en brosse et il portait une épaisse moustache. Candy n'avait jamais vu cet homme. Le Manchot s'apprêtait à interrompre la projection de cette bobine.

— Robert, pouvez-vous laisser le film se dérouler? demanda Candy. Je veux étudier quelque chose.

On voyait toujours les deux gardes du corps de loin, mais ils étaient continuellement dans l'image. Soudain, la jolie blonde cria presque!

— Regardez, ce geste... vous avez vu le mouvement des deux mains. L'homme a porté ses mains à son visage. C'est la deuxième fois qu'il fait ça. On dirait un geste nerveux, un peu ridicule.

Soudain, l'homme que Candy désignait s'avança vers le bureau de l'avocat. Perland était debout. L'homme se plaça tout près de lui. Candy remarqua ses yeux, des yeux perçants, des yeux qu'elle avait vus quelques heures plus tôt.

— Robert, vous avez rencontré Perland. Est-il plus grand que vous?

— Oui, répondit le Manchot. Il mesure plus de six pieds, je crois même qu'il doit être plus grand que Michel.

— Donc, cet homme... tenez, celui qui se passe à nouveau les mains sur la figure, il doit être de votre grandeur?

— Oui, probablement. Mais pourquoi observes-tu ce type avec autant d'intérêt?

— J'ai trop peur de me tromper. Ça n'aurait aucun sens, répondit Candy.

Le film venait de se terminer.

— Pouvez-vous mettre cette bobine de côté, Robert? Je veux que vous repassiez ce film lorsque nous aurons terminé d'examiner les autres.

Michel s'écria:

— Torrieu, arrête de faire ta mystérieuse et parle.

— Mêle-toi de tes affaires, le grand. Je déteste tirer mes conclusions trop hâtivement.

Et durant une bonne partie de la soirée, on continua de visionner les nombreux films tournés par Perland. Cependant, sur aucun d'eux, on ne reconnut l'inspecteur Bernier. Pourtant, il y avait de nombreux hommes dont quelques professionnels, un avocat et un médecin, entre autres. Dumont les avait reconnus, sans toutefois en faire part à ses acolytes.

— C'est tout ? demanda Michel.

— Oui. Bernier ne semble pas avoir participé à ces orgies, avoua le Manchot avec un ton de déception dans la voix.

Candy et Michel se regardèrent. Au fond, tous les deux semblaient heureux du dénouement. Pourtant, ils n'aimaient pas l'inspecteur, mais ils savaient fort bien que si leur patron avait mis la main sur des scènes qui auraient pu nuire à Bernier, il s'en serait sans doute servi et ça n'aurait fait qu'envenimer la situation entre les deux hommes et compliquer les relations avec la police officielle.

— Maintenant, pouvez-vous repasser ce film ? demanda Candy, celui de cette réunion entre les cinq hommes.

— Certainement.

Et Candy, les yeux braqués sur l'écran, étudiait attentivement ce garde du corps aux gestes nerveux. Elle ne disait mot. Michel s'était levé. Cette scène ne l'intéressait guère. Aidé de Yamata, il avait préparé du café pour tous.

— Alors, satisfaite ? demanda le Manchot en enlevant la bobine.

— Oh non, répondit Candy. Robert, y a-t-il moyen de faire agrandir un bout du film. Par exemple, en détacher une figure pour qu'on puisse mieux voir les traits.

Robert Dumont en avait assez. La séance de cinéma était terminée. Elle n'avait pas donné les résultats escomptés. Candy allait devoir s'expliquer.

— Écoute, dis-nous exactement ce que tu penses, Candy. Qu'est-ce qui a attiré ton attention dans ce film? Connais-tu cet homme qui semble être une sorte de garde du corps?

— Non... mais ce geste nerveux... je l'ai vu à plusieurs reprises, aujourd'hui chez un homme beaucoup plus âgé, un homme qui ne ressemble pas du tout à ce type, mais qui est de la même grandeur, de la même carrure. Il a également les mêmes yeux perçants...

— Veux-tu dire que?...

— Torrieu, ça peut pas être Voisard?

Les deux hommes parlaient en même temps.

— Ils ne se ressemblent pas. Le type que j'ai vu a un nez plus mince, les yeux plus petits... mais, ces mains qu'il se passe continuellement dans la figure... exactement de la même façon... ça me trouble énormément, leur répondit la sexubérante Candy.

Chapitre VII

À LA RECHERCHE D'UNE IDENTITÉ

Michel et Yamata avaient rapidement quitté les bureaux de l'agence une fois la séance de cinéma terminée.

— Ces films ont « troublé » notre petite Japonaise, fit Candy en riant. Pour moi, le grand Michel ne dormira pas beaucoup cette nuit.

Puis, sérieusement, elle demanda au Manchot de repasser à nouveau le film et pour la troisième fois, elle étudia longuement ce garde du corps. Pendant ce temps, Robert Dumont réussissait à joindre un technicien, ex-policier et expert en films et en photographie. Il lui demanda de venir immédiatement aux locaux de l'agence.

— Si seulement nous pouvions interroger Perland, murmura le Manchot en revenant auprès de sa collaboratrice.

— Pourquoi ne pas le faire?

— Et avouer que Michel et moi, nous nous sommes introduits chez lui, que nous nous sommes transformés en véritables cambrioleurs. Non, ça ne se fait pas. Perland porterait immédiatement plainte contre nous.

— Mais comment identifier cet homme que Michel a reconnu? C'est sûrement un des dirigeants de la pègre. Et puis, quand ce film a-t-il été tourné ? Ça peut dater de plusieurs années. Peut-être que ça n'a absolument rien à voir avec l'affaire Voisard.

— Si Tanguay arrive, il pourra probablement répondre à plusieurs de ces questions. C'est un spécialiste. Peut-être pourra-t-il nous dire à quand remonte le tournage de ce film. Ensuite, nous pourrons détacher des photos des deux hommes qui nous intéressent.

Lorsque le technicien Tanguay arriva, le Manchot le fit passer au gymnase, lui présenta Candy puis, le fit asseoir dans un des fauteuils.

— J'ai un film à te montrer. Je voudrais que tu essaies de découvrir la date approximative du tournage.

— Tu l'ignores ? demanda le technicien, surpris de l'attitude de son ex-collègue.

— Oui. Et je ne peux te dire d'où provient ce film.

Tanguay se leva aussitôt.

— Laisse-moi examiner la pellicule, avant que tu ne la projettes.

Il se leva, déroula un bout de pellicule, l'examina longuement, le palpa entre le pouce et l'index de la main droite et il murmura :

— C'est pas neuf, c'est sûr. Ça doit dater d'au moins trois ans, peut-être plus.

— Pourquoi ?

— Parce qu'on trouve plus cette sorte de pellicule sur le marché depuis au moins trois ans. As-tu examiné l'accoutrement de ceux qui paraissent dans le film, les coupes de cheveux, les vêtements des femmes qui changent continuellement...

— Ce ne sont que des hommes dans ce film, répondit Candy. Or, la mode masculine est beaucoup plus conservatrice que la mode féminine.

— Vous avez raison. Vas-y Robert, projette-moi le film et dis-moi ce que tu attends de moi.

La projection commença. Presque aussitôt, Tanguay déclara :

— Tiens, je le connais celui-là, c'est l'avocat Perland. Il était plus gras dans le temps. Oui, ce film doit dater d'au moins quatre ans, peut-être cinq.

Sur l'écran, Perland faisait entrer les quatre hommes dans son bureau.

— Je commence à comprendre, murmura le technicien. Tu veux savoir pourquoi Perland rencontre Malancio.

— Malancio ?

— Voyons, Robert, tu le connais. On l'a arrêté à quelques reprises. C'est un type qui s'occupait surtout du racket de la protection. Oui, tout ça remonte à cinq ans. Je m'en souviens parfaitement.

— Qui est Malancio ?

— Le plus gros des quatre, celui qui semble le chef du groupe. Ça me surprend, cependant. Je ne savais pas que Perland défendait ces types-là.

Mais le Manchot corrigea son ami.

— Rien ne nous dit qu'il les défendait ; mais une chose certaine, il a reçu ce Malancio dans son bureau. Tu connais les autres ?

Candy s'empressa d'ajouter:

— Moi, c'est celui qui est à la droite de la porte, celui qui se passe continuellement les mains dans la figure qui m'intéresse.

— Non, je ne le connais pas. Il est vrai qu'on le voit pas très bien.

— Attends, fit le Manchot, il se rapproche de l'écran, plus tard.

Tanguay ne put s'empêcher de remarquer:

— Celui qui tenait la caméra s'est pas forcé pour prendre de bonnes images, toujours le même angle...

Dumont expliqua alors:

— Ce film a été tourné par une caméra cachée. Donc, elle ne pouvait bouger.

— Oh, je comprends.

Brusquement, le Manchot stoppa le projecteur.

— Tiens, ici, on le voit mieux.

— Je ne le connais pas, celui-là.

— Crois-tu qu'il soit possible d'agrandir sa figure afin qu'on le distingue mieux? Si je te confiais ce film, pourrais-tu en sortir une bonne photo?

Le technicien s'approcha de l'écran et étudia la figure de l'homme.

— Oui, la chose est faisable. L'image est pas floue. Ce sera peut-être pas des plus clairs, mais on pourra distinguer ses traits beaucoup mieux.

— C'est tout ce que je désire.

Le Manchot rembobina le film et le confia à son ami.

— Que comptes-tu faire avec cette photo quand tu l'auras?

— Je veux l'examiner, fit Candy.

Mais Dumont expliqua:

— Je veux montrer cette photo à quelques personnes. Je veux identifier cet homme.

— Ça devrait pas présenter beaucoup de difficultés. Si tu me le permets, Robert, lorsque j'aurai agrandi la photo, je verrai des amis qui travaillent à l'identification judiciaire. Cet homme était, dans le temps, un ami de Malancio. Donc, il a dû être arrêté, on doit posséder son dossier au centre.

— Tu crois?

— J'en suis persuadé. Tous les amis de Malancio étaient des criminels; il s'entourait de tueurs à gages qui hésitaient pas à mettre aux pas ceux qui refusaient de contribuer au racket de la protection.

Le Manchot remit le film à son ami.

— Je te laisse ça, Yvon. Comme tu sembles avoir de nombreux amis dans le milieu, fais-moi sortir le dossier de Malancio, essaie de savoir ce qu'il est devenu.

— Et n'oubliez pas l'autre type, fit Candy.

— Non, non, mademoiselle, comptez sur moi, si je puis le faire identifier, vous aurez son dossier et ses empreintes digitales.

Néanmoins avant de sortir, Tanguay demanda:

— Puis-je savoir où tu t'es procuré ce film, Robert?

— Je regrette, mais il m'est impossible de te le

dire. Je te demande un service, Yvon et je paierai pour celui-ci. Je compte sur ton entière discrétion.

Dès que l'ex-policier fut parti, le Manchot demanda :

— Avais-tu une sortie prévue pour ce soir?

Candy répliqua en faisant une moue comique :

— Même si j'en avais eu une en tête, il serait trop tard pour y penser. Et après les films que vous nous avez fait voir, Robert, je risquerais de faire des folies. Soyons francs, ces scènes orgiaques troublent n'importe quel être normal. Vrai ou faux?

Le Manchot fit mine de ne pas avoir entendu la question de Candy, du moins il préféra ne pas répondre. Il avait décroché le récepteur de son appareil téléphonique et il signala un numéro.

— Ah, maître Perland, l'entendit dire Candy, j'ai eu peur que vous soyez sorti. Je vais passer chez vous dans quelques minutes. Il me faudrait la clef de votre chalet de Saint-Janvier.

— Pourquoi? demanda la voix qui résonnait dans le haut-parleur.

— Je dois m'y rendre.

— Pas ce soir? Vous savez l'heure qu'il est?

— Oui, mais ça n'a aucune importance. Je dois m'y rendre en vitesse.

L'avocat semblait inquiet.

— Mais, que se passe-t-il?

— Rien qui ne doit vous inquiéter. Je veux simplement vérifier certaines choses en ce qui a trait à l'agression dont a été victime Voisard. C'est du travail routinier, mais le jour, je suis tellement occupé que je dois parfois empiéter sur mes heures de sommeil. À tantôt.

Sitôt que Robert Dumont eut raccroché, Candy le questionna :

— Vous voulez que je vous accompagne là-bas ? Mais pourquoi ?

— Tout simplement parce que tu sais où se trouve le chalet de Perland, c'est aussi simple que ça.

— Mais qu'est-ce que nous irons faire au chalet ?

— Relever des empreintes digitales, ça avancera rapidement notre enquête. Supposons que demain, Tanguay ait pu réussir à identifier l'homme que tu as remarqué et qu'il possède ses empreintes, nous pourrons alors les comparer avec celles trouvées chez Perland.

Mais Candy déclara :

— Il doit y en avoir plusieurs différentes, celles de Perland sûrement, celles de l'inspecteur, les miennes...

— Il y a dans le chalet, un fusil. Perland me l'a dit. Voisard s'en est emparé, peu après l'agression dont il a été victime. Donc, nous ne trouverons pas des milliers d'empreintes sur ce fusil.

La jolie blonde se souvint soudain qu'il y avait une bouteille, un verre et de la vaisselle sur la table de la cuisine.

— Voisard s'est sûrement servi de certains articles de cuisine. Mais Robert, si par hasard nous identifions cet homme, si on découvrait qu'il n'est pas Voisard...

— Ça expliquerait des tas de choses, mais nous n'en sommes pas encore là.

Rapidement, Robert Dumont sortit d'une filière une petite trousse contenant tout le matériel nécessaire pour bien relever les empreintes digitales.

Le couple prit place dans la voiture du Manchot, on se rendit tout d'abord à la demeure de Perland et Candy attendit dans la voiture. Robert Dumont revint au bout de quelques secondes, seulement.

— Dites donc, vous n'avez pas tardé.

— Perland aurait bien voulu me questionner, me parler de son fameux cambriolage, mais je ne lui en ai pas donné la chance.

Le détective mit sa voiture en marche.

— L'avocat est très nerveux. Je le comprends, la disparition de ses fameux films peut facilement l'empêcher de dormir.

Pendant que la voiture se dirigeait vers l'autoroute des Laurentides, Candy se rapprocha un peu plus de son supérieur.

— Celle que vous dites avoir reconnue dans le film, celle qui est l'épouse de Perland, elle ne laisse pas sa place. Elle semble une femme passionnée. Elle est assez jolie, vous ne trouvez pas, Robert ?

Le Manchot ne parlait pas.

— Et la jeune Noire, elle n'avait certes pas beaucoup plus de 18 ans. Elle jouissait tellement qu'elle se tordait comme une femme qui va enfanter. Vous l'avez remarquée, je suppose ?

Le détective sentit la jambe de la jolie Candy frôler la sienne.

— Même si on ne veut pas l'admettre, je crois que toute personne peut avoir rêvé un jour de participer à de telles orgies.

— Peut-être, mais entre le rêve et la réalité, il y a une marge.

— Vous avez raison. Moi, j'adore faire l'amour, mais avec un seul partenaire et pas devant une foule.

Maintenant, elle se serrait un peu plus contre Robert Dumont. Le détective avait toujours admiré les charmes de son acolyte. Comme tous les hommes, Candy le troublait. S'il l'avait voulu, il aurait pu faire de Candy sa maîtresse. Il était certain qu'elle ne l'aurait pas repoussé, elle avait beaucoup d'admiration pour le Manchot. Mais le détective avait pour principe de ne jamais mêler le travail, le sexe et l'amour.

« Entre mes employés et moi, il pourra y avoir beaucoup d'amitié, mais jamais plus. »

C'était, cependant, la première fois que Candy se faisait aussi... pressante. Les scènes des films avaient certainement mis ses sens en ébullition.

— Candy, murmura enfin le Manchot, nous sommes mieux de changer la conversation, tu ne crois pas ? De plus, je veux te faire remarquer que tu n'as pas attaché ta ceinture de sécurité.

— Je préfère être plus près de vous.

— Et moi, je tiens à ce que vous portiez toujours la ceinture. Je vous l'ai dit je ne sais plus combien de fois.

Candy, en soupirant, s'éloigna quelque peu et plaça la ceinture autour de son corps superbe. Elle savait que c'était inutile, que le Manchot la repousserait toujours. Un peu offusquée, elle demanda :

— Je vous déplais donc tant que ça?

Le Manchot éclata de rire, cherchant à alléger l'atmosphère.

— Qu'est-ce que tu vas chercher là? Tu es adorable, tu le sais fort bien et bien des hommes sont prêts à faire des folies pour toi, l'inspecteur Bernier le premier.

— Moi, l'inspecteur ne m'intéresse pas du tout. Mais il y a des hommes à qui je n'opposerais aucune résistance.

Et boudeuse, elle n'ajouta plus un seul mot jusqu'à ce que la voiture arrive à Saint-Janvier.

— Tournez à gauche, c'est pas très loin, dit-elle.

Enfin, la voiture s'arrêta devant le chalet de Perland. Il faisait très noir et le Manchot prit la lampe de poche qu'il gardait toujours dans le coffret à gants de sa voiture.

— Qu'est-ce qu'il y a, dans la fenêtre? demanda-t-il en éclairant la maison?

— Du bois, c'est l'inspecteur qui a installé ça pour clore la fenêtre brisée.

Lorsque le couple fut entré, le Manchot demanda immédiatement à Candy de chercher les fusils de chasse de Perland. Pendant ce temps, il commença à relever les empreintes digitales sur une bouteille, puis sur un verre qui se trouvaient sur la table de la cuisine.

Candy revint avec les fusils. Elle avait pris soin d'entourer sa main d'un papier pour ne pas y laisser d'empreintes.

— Tenez !

Vingt minutes plus tard, le Manchot et Candy sortaient du chalet.

— Si on arrêtait prendre un verre quelque part. Je connais une petite boîte à Laval. On peut y danser... proposa Candy.

— Je regrette, mais je suis fatigué. Il passe minuit et demain, j'aurai probablement des nouvelles de Tanguay dès mon arrivée au bureau.

— Dites donc simplement que vous avez peur d'être seul avec moi, Robert.

— Allons, ne te fâche pas Candy.

Et mettant sa voiture en marche, le détective avoua :

— Oui, j'ai peur. Si je m'écoutais... mais tu sais fort bien que ce ne serait plus du tout la même chose entre nous. Pour que tout aille bien au bureau, il faut garder nos distances. Je suis certain que... enfin, si nous nous écoutions, nous pourrions le regretter, tous les deux.

— Pourtant, vous avez bien engagé Yamata comme secrétaire et à ce que je sache, elle vit en concubinage avec Michel.

— Oui et je n'aime pas ça. J'en ai parlé avec Michel. Yamata ne restera pas définitivement à mon emploi. À deux ou trois reprises, je les ai surpris en train de s'embrasser. Eh bien, je pense qu'il y a une place pour chaque chose et chaque chose doit être à sa place.

Et il revint rapidement vers la métropole. Lorsque la voiture s'arrêta devant le logis de Candy, elle n'invita même pas Robert Dumont à prendre un café. Elle était assurée d'essuyer un refus.

— Allez-vous venir me prendre demain matin? Ma voiture est devant les locaux de l'agence.

— Je préfère que tu prennes un taxi.

— À demain.

Elle allait descendre, mais le Manchot la retint par le bras.

— Tu m'en veux?

— Mais non, voyons. Je ne dis pas que j'approuve entièrement votre attitude, mais je vous comprends.

Le Manchot se pencha et l'embrassa sur la joue.

— À demain, Candy. Dis-toi une chose, je t'aime probablement trop pour écouter mes instincts.

Et sitôt la jolie blonde descendue, le Manchot démarra en trombe. Quant à Candy, aussitôt entrée dans son appartement, elle fit couler l'eau du bain. Elle savait qu'il n'y avait rien comme un bon bain tiède pour la calmer. Elle avait complètement oublié cet homme étrange et son tic nerveux; elle ne songeait plus à l'individu qu'elle avait vu dans le film. Pour le moment, l'affaire Voisard n'occupait pas du tout ses pensées.

Et une fois au lit, la jolie blonde dut lire jusqu'à deux heures du matin avant de trouver le sommeil.

*

* *

Il était neuf heures cinq lorsque Robert Dumont arriva au bureau de l'agence. Yamata était déjà au travail. Michel, installé dans son bureau, consultait certains dossiers.

— Bonjour, fit le Manchot d'une voix forte.

Michel lui répondit d'un signe de la main et Yamata lui dit :

— Il y a un monsieur Tanguay qui veut que vous le rappeliez le plus tôt possible. Il vous a téléphoné tôt ce matin, c'est la secrétaire de notre service qui a pris l'appel.

— Merci. Du courrier ?

— Rien de personnel.

Le détective se dirigea vers son bureau, mais avant d'y entrer, il se retourna et, avec un sourire moqueur, il demanda à la Japonaise :

— Avez-vous passé une bonne nuit ?

La jolie Nipponne rougit. Le Manchot n'insista pas et referma la porte de son bureau.

Il téléphona immédiatement à Tanguay.

— Alors, tu as quelque chose, Yvon ?

— Oui, une photocopie des deux dossiers.

— Les deux ?

— Oui, celui de Malancio et celui de Bert Gordon, un de ses hommes de main.

— Tu as également les empreintes digitales ?

— Oui, tout. C'est un ami du service qui m'a remis ça la nuit dernière. Cependant, il ne veut pas que ça lui cause des ennuis.

— Aucun danger pour ça, lui assura le Manchot. Alors, je ne bouge pas d'ici, je t'attends.

Lorsque Tanguay arriva, il déposa sur le bureau du Manchot deux chemises de carton contenant les dossiers des deux hommes.

Rapidement, Dumont mit de côté celui de Malancio et s'empara de l'autre.

Il contenait une photo que Tanguay avait tirée du film et d'autres qui se trouvaient dans le dossier de la police officielle.

Le détective appuya sur un bouton et ordonna à Yamata :

— Dites à Candy de venir immédiatement.

Quelques secondes plus tard, la porte s'ouvrait. Tanguay salua la collaboratrice du Manchot. Quant à Dumont, il tendit immédiatement les photos à Candy. Après y avoir jeté un rapide coup d'œil, la jeune fille déclara :

— Non, ce n'est pas du tout le même homme, aucune erreur possible. Le nez, les yeux... non, ce n'est pas Voisard, ça aurait été trop beau.

Elle se disposait à sortir, mais Dumont lui demanda d'attendre un instant. Il l'invita même à s'asseoir dans un des fauteuils faisant face au bureau.

— Yvon, hier soir, j'ai relevé des empreintes, je voudrais que tu les compares avec celles qui se trouvent dans le dossier de ce type, Bert Gordon. Au fait, qu'est-il devenu ?

— Il a fait un peu de prison. D'après les dossiers, on est sans nouvelles de lui depuis près de deux ans. Il est disparu ; il a probablement été éliminé par des types du milieu. Plusieurs crapules de son espèce disparaissent souvent sans laisser de traces. Il y a deux ans, on a cru qu'il avait été tué dans l'incendie du Bizouac. Tu te souviens de l'explosion survenue dans ce cabaret ?

— Certainement que je m'en souviens. Les clients avaient quitté les lieux juste à temps, autrement il y aurait eu plusieurs victimes, répondit Dumont.

— Deux morts, des blessés. C'était un attentat criminel. L'affaire n'a jamais été éclaircie. Gordon travaillait dans cette boîte, mais il devait être absent ce soir-là ou encore, il s'en est tiré indemne.

Tanguay se mit immédiatement au travail pour comparer les empreintes digitales.

— Avec les empreintes digitales, on ne fait jamais d'erreurs. C'est une façon infaillible d'identifier un suspect. Pourtant, j'ai lu quelque part que tout être humain possède son sosie parfait sur terre.

Subitement intéressée, Candy demanda :

— Vous voulez dire que, quelque part, sur terre, il existe une autre femme qui me ressemble en tous points, qui a les mêmes empreintes que moi ?

— On le dit.

— Eh bien, dépêchez-vous de la trouver. Vous la présenterez à Robert.

Le Manchot ne sembla pas apprécier du tout la

remarque de sa collaboratrice. Il allait répliquer d'une façon cinglante, lorsque Tanguay releva la tête.

— Aucune erreur possible, Bob.

— Qu'est-ce que tu veux dire?

— La plupart des empreintes que tu as relevées hier soir sont celles de Bert Gordon!

Chapitre VIII

LA CHASSE AU MILLION

La nouvelle que le technicien Yvon Tanguay venait d'apprendre au Manchot avait eu l'effet d'une véritable bombe. Candy avait bondi. Le Manchot, après un moment d'hésitation, était allé ouvrir la porte de son bureau et avait appelé :

— Michel, viens vite, il y a du nouveau dans l'affaire Voisard.

Lorsque Beaulac parut dans la porte, il vit Candy penchée sur le bureau du Manchot. Tanguay lui montrait les deux séries d'empreintes digitales.

— Incroyable, murmura-t-elle. Pourtant, ce n'est pas le même homme, ça je puis le jurer.

Michel demanda :

— Allez-vous m'expliquer ce qui se passe?

Le Manchot présenta son collaborateur à Yvon Tanguay.

— J'ai déjà entendu parler de vous, Beaulac.

Le Manchot ensuite ajouta :

— Nous avons la preuve que celui qui se fait appeler Henri Voisard se nomme en réalité Bert Gordon, un criminel.

Le grand Beaulac laissa tomber :

— Sacrament !

Puis, revenu de sa surprise, il demanda :

— Comment avez-vous fait pour découvrir ça ?
— C'est Candy que l'on doit remercier.
La blonde s'écria :
— Mais Robert, puisque je vous dis que ce n'est pas cet homme que j'ai rencontré hier. Il a le même tic, des yeux aussi perçants, mais c'est tout...
— Et hier soir, fit Michel, tu as ajouté que les deux hommes étaient de même grandeur, qu'ils avaient la même carrure, ce sont tes propres mots.
— Et enfin, fit Tanguay, il y a les empreintes digitales.
Le Manchot, d'un pas rapide, retourna à son bureau et se pencha en avant.
— Un instant, écoutez-moi tous. Tu as bien dit Candy, que l'homme d'hier était beaucoup plus vieux ?
— Oui, cheveux et sourcils blancs...
— Qu'il avait les yeux plus petits, le nez plus fin... il est vrai que Gordon a un gros nez...
Puis, sans attendre la réponse de Candy, il se tourna du côté de Tanguay.
— Yvon, je crois avoir trouvé. Il y a deux ans, l'incendie du Bizouac. La police a recherché Gordon. On pensait qu'il était au travail au moment de l'explosion, c'est bien ce que tu as dit ?
— Oui. Mais les policiers n'ont jamais pensé que c'était lui qui avait placé la bombe à retardement ; non, on le croyait parmi les victimes.
Le Manchot cria presque :

— Mais c'est ça, il devait y être. Un homme est recherché par les policiers ou du moins, il a déjà fait de la prison. Suivez-moi bien. Survient une explosion, un incendie criminel. L'homme est blessé, disons qu'il est brûlé à la figure, mais il n'est pas inconscient. Croyez-vous qu'il va demeurer sur place et attendre les policiers?

Candy avait deviné. Elle s'écria:

— La chirurgie esthétique.

— Torrieu!

Tanguay, sans rien dire, avait pris une des photos de Gordon, la meilleure. Il glissa la main à l'intérieur de la poche de son veston et en sortit un étui qu'il ouvrit sur le bureau de Dumont.

Cet étui contenait des crayons de couleurs, des crayons gras, en cire.

— Le nez plus fin... tenez, comme ça?

— Encore plus fin, murmura Candy.

Tanguay avait travaillé longtemps à l'identité judiciaire, il était très bon en dessin. Candy suivait les crayons qui glissaient rapidement sur la photo.

— C'est ça, le nez... oui, c'est le nez du type d'hier... les yeux, plus petits, il a également des rides, des poches sous les yeux... des cicatrices.

Tanguay travaillait avec une vitesse presque inouie.

— Les cheveux blancs, vous avez dit. Ils étaient plus longs?

— Oui et vous devez effacer la moustache. Voisard n'en porte pas... les favoris plus longs... et les sourcils épais et très blancs...

Le Manchot s'avança et jeta un coup d'œil sur la nouvelle photo.

— Incroyable ! Perland m'a montré une photo d'Henri Voisard, aucune erreur possible.

— Cette fois, c'est lui, cria Candy. Cet homme, cet imposteur est présentement derrière les barreaux. Robert, il faut téléphoner à l'inspecteur Bernier tout de suite, il se doit de l'empêcher de recouvrer sa liberté.

Robert Dumont se tourna du côté de sa collaboratrice et la fusilla d'un regard perçant.

— Si tu rejoins Bernier, toi, je te congédie immédiatement.

Sans ajouter rien de plus, Robert Dumont décrocha le récepteur de son appareil téléphonique et signala rapidement un numéro. Il reconnut la voix de la passionnée Gaétane Perland au bout du fil.

— Ici Robert Dumont, votre mari est là ?

— Attendez une seconde, Robert chéri, il vient tout juste de sortir, il doit être dans sa voiture.

Michel osa proposer :

— Si vous allez chez l'avocat, je veux vous accompagner.

— Moi aussi, ajouta Candy comme dans un écho.

— Non, j'irai seul. Il faut que cette conversation se déroule sans aucun témoin. C'est pour ça que je veux le rencontrer chez lui, vous deux, vous allez...

Il s'interrompit brusquement, il venait d'entendre la voix de Perland au bout du fil.

— Allo, ici Perland. Qu'y a-t-il Manchot?

— Il faut que je vous vois, tout de suite et seul à seul, pas à votre bureau, mais chez vous.

— Écoutez, Dumont, j'ai du travail qui m'attend...

— Devez-vous être en cour ce matin?

— Non, mais j'ai rendez-vous avec un client à mon bureau à dix heures trente. Si vous voulez me retrouver là...

Le Manchot le coupa sèchement.

— Non! Vous allez appeler votre secrétaire et faire remettre ce rendez-vous. Il y a beaucoup de nouveau. Je me rends chez vous immédiatement. Faites sortir votre femme. Dans votre intérêt, il ne doit y avoir aucun témoin à notre conversation.

Et sans même attendre la réponse de l'avocat, il raccrocha.

— Michel et Candy, vous allez essayer de retrouver la trace de Malancio. Si tu peux les aider, Tanguay, je retiens immédiatement tes services. Adressez-vous à la police, mais surtout, n'éveillez pas les soupçons. Michel, fais-toi aider de Yamata et place toutes les bobines dans les serviettes de cuir immédiatement.

— Vous allez les remettre à l'avocat?

— Nous allons faire un marché, tous les deux. Quand vous saurez exactement où rejoindre Malancio, attendez de mes nouvelles.

Michel était déjà sorti du bureau. Candy crut bon d'émettre son opinion.

— Pour moi, cet avocat, ce Perland, s'est moqué de vous. C'est lui qui a monté le coup et il vous a même engagé pour que vous l'aidiez à accomplir son forfait.

Le Manchot lui reprocha:

— Tu sautes trop vite aux conclusions, Candy. Perland était peut-être sincère quand il a retenu mes services. C'est justement ce que je vais essayer de tirer au clair.

La porte du bureau s'ouvrit et Michel parut avec les deux serviettes en cuir.

— Tenez, boss, tout y est.

— Je compte sur vous, recommanda le Manchot avant de quitter les locaux de l'agence. Surtout, que personne ne se doute du pourquoi de vos recherches. N'allez pas commettre d'imprudence. Songez qu'il y a près d'un million de dollars en jeu et il y a des gens qui tuent pour beaucoup moins que ça.

C'est dans un temps record que le Manchot réussit à se rendre à la demeure de l'avocat. Il sonna à la porte avant de la maison et fut surpris d'apercevoir la jolie Gaétane.

— Comment, vous êtes là?

— J'attendais votre arrivée, chéri. Je m'ennuyais de vous, je voulais vous voir. Ne me dites pas que vous avez déjà oublié les heures...

— Assez de conneries! trancha le Manchot. Partez immédiatement et laissez-nous seuls, votre mari et moi.

Offusquée, elle fit demi-tour et s'éloigna rapidement tandis que Perland faisait passer le Manchot dans son bureau. On entendit claquer la porte arrière de la demeure.

— Qu'est-ce que vous avez dit à Gaétane ? Elle est en furie.

— Ça passera. J'ai quelques questions à vous poser, Perland.

Et le détective lança :

— Victorio Malancio !

Perland regarda le Manchot d'un air étonné.

— Eh bien, quoi, Victorio Malancio ?

— Vous le connaissez ?

— Pas intimement. Je l'ai rencontré une fois ou deux. Il est même venu ici, à mon bureau, pour me faire des menaces. Lui et sa bande forçaient quelques-uns de mes clients à leur payer des redevances. Mais je n'ai jamais eu Malancio comme client. Ça doit faire une couple d'années que je n'ai pas rencontré cet homme.

Et il spécifia, en appuyant sur chacun des mots :

— Si vous tentez de relier mon nom à la pègre, je vous préviens, Manchot, ça pourrait vous coûter cher.

Le détective esquissa un petit sourire malicieux.

— Vous voulez sans doute parler de la scène d'amour que vous avez filmée ?

— Justement.

L'avocat avait pris un air triomphant.

— J'ai reçu le film hier soir. Gaétane et moi, nous l'avons visionné. Il est très bon. Si jamais vous abandonnez votre métier de détective, vous pourriez faire carrière dans le cinéma. Voulez-vous que je vous fasse une projection ?

— Ce n'est pas nécessaire.

Le Manchot s'approcha de l'homme de loi.

— Perland, pourquoi m'avez-vous menti?

— Moi, je vous ai...

— Oui, quand vous m'avez parlé des cambrioleurs qui se sont introduits ici. Pourquoi ne pas m'avoir dit qu'ils avaient découvert l'appartement qui se trouve caché derrière votre bibliothèque? Pourquoi ne pas m'avoir avoué qu'ils avaient emporté avec eux des tas de pellicules qui pourraient être fort compromettantes, non seulement pour vous, mais également pour des personnes bien connues dans la société.

Perland semblait incapable de parler. La surprise l'avait rendu muet.

Le Manchot continua :

— Pourquoi m'avoir dit que ces deux hommes avaient voulu violer votre femme? Vous avez même ajouté qu'on avait tenté de la tuer...

Perland réussit à dire :

— Mais, comment savez-vous tout ça?

— J'ai un marché à vous proposer, Perland. Vous allez me remettre le film sur lequel j'apparais avec votre putain !

Cette fois l'avocat bondit :

— Vous exagérez, Manchot. Je ne vous permettrai jamais d'insulter mon épouse...

— Une femme qui fait l'amour avec des dizaines d'hommes, devant l'œil de la caméra et qui s'adonne également au lesbianisme, selon vous, qu'est-ce que c'est?

Perland avait compris.

— C'est vous qui vous êtes introduit ici, c'est vous qui m'avez cambriolé. Non seulement je puis vous faire accuser de vol, mais également de voie de fait.

— Calmez-vous. Votre femme n'a couru aucun danger, je n'ai fait que l'endormir pour quelques minutes. Oui, c'est moi et un ami qui nous sommes introduits ici. Mais jamais vous ne pourrez le prouver. Je vous donne deux minutes pour réfléchir, Perland. Vous me remettez mon film, sinon, je donne toutes vos bobines à des journalistes. Ils auront un plaisir fou avec ces productions pornographiques.

L'avocat se promena nerveusement, ne sachant trop ce qu'il devait décider.

— Bon, j'ai assez perdu de temps, fit brusquement Dumont. Vous ferez ce que vous voudrez du film sur lequel j'apparais. Je m'en fous. Le scandale que je ferai éclater fera complètement oublier qu'un soir, je suis devenu l'amant de votre femme.

Déjà, le détective était rendu à la porte.

— Attendez, Manchot.

Dumont se retourna.

— Qui me prouve que vous ne me jouez pas la comédie? Où sont les films que vous avez pris dans mon appartement? demanda l'avocat.

— Dans ma voiture. Alors, vous acceptez l'échange?

Perland acquiesça mais le Manchot s'empressa d'ajouter:

— Une seconde, vous devez sûrement avoir une visionneuse, afin que je puisse me rendre compte que vous me donnez bien le bon film.

— J'en possède une.

— Bon, sortez-là, pendant que je vais chercher vos bobines.

Quelques minutes plus tard, le Manchot regardait quelques images de la pellicule compromettante. On le reconnaissait parfaitement, au lit avec Gaétane.

Le détective glissa le film dans sa poche. L'avocat avait sorti toutes les bobines et les comptait.

— Tout y est, ne vous inquiétez pas, mais attendez une seconde, Perland. Il y a un film que je veux vous montrer, certaines images. Vous allez peut-être m'en vouloir, mais il m'a fallu mutiler la pellicule.

— Quoi? Vous vous êtes permis de...

— Attendez et vous allez comprendre.

Le Manchot avait pris une des bobines. Yvon Tanguay avait dû en détacher quelques séquences afin d'agrandir les photos.

— Tenez, regardez ces quelques images... Vous vous souvenez?

— Oui, c'est Malancio, n'est-ce pas? Lorsqu'il m'a demandé rendez-vous, je n'ai pris aucune chance. J'ai décidé de filmer la scène. Il ne s'en est pas douté du tout.

— Vous voyez cet homme, debout, près de la porte? Vous le connaissez?

— Non, répondit immédiatement Perland. Malancio n'est pas venu seul ici, comme vous vous en doutez bien. Ses hommes de main l'accompagnaient. Celui-là devait être un garde du corps.

— Voici sa photo agrandie. Vous le reconnaissez ?

— Non, je ne me souviens même pas de lui.

— Bon, voici maintenant la photo, mais retouchée par un expert. Cette fois, ça vous dit quelque chose ?

Perland sursauta. Il saisit brusquement la photo que le Manchot tenait. Il l'examina. Ses mains tremblaient.

— C'est une blague, quoi? Ce n'est pas le même homme, celui du film ?

— Exactement, vous pouvez voir le crayon qu'a ajouté l'expert. Alors, vous le reconnaissez ?

— Mais, c'est impossible ! Cet homme... c'est Henri Voisard.

— Non. Cet homme s'appelle Bertrand Gordon, il est connu sous le prénom de Bert dans le milieu. Et ne croyez pas que c'est une erreur, j'ai obtenu copie de ses empreintes digitales et j'ai vérifié avec celles trouvées dans votre chalet. Henri Voisard est bien mort et celui qui cherche à se faire passer pour lui se nomme Bert Gordon, c'est clair et net.

L'avocat demanda d'une voix tremblotante :

— Vous ne croyez pas que c'est moi qui...

— J'y ai pensé, je l'avoue. Mais maintenant, je me rends compte que vous aussi, vous étiez en train de vous faire rouler bêtement, vous, madame Riendeau et son mari.

— Incroyable ! Quelle ressemblance ! Comment se fait-il ?

— Bert Gordon a été brûlé à la figure, il y a deux ans. C'est probablement à la suite de cet accident qu'il a eu l'idée de se faire passer pour Henri Voisard.

— Malancio ! s'écria l'avocat. C'est sûrement lui qui a eu cette idée. C'est un homme retors et qui ne recule devant rien.

Et soudain, Perland parlait avec volubilité.

— Mais oui, je me souviens maintenant, j'ai eu des nouvelles de Malancio il y a environ six mois. Il disait avoir bien connu Henri Voisard et il me demandait si j'avais des photos de lui. C'était pour un ami.

— Et vous lui avez fait parvenir ces photographies ?

— Non, je n'en possédais pas, mais je lui ai dit de communiquer avec madame Riendeau. J'ignore s'il l'a fait.

Maintenant, tout devenait clair pour les deux hommes. Malancio savait qu'Henri Voisard avait été porté disparu, que cet homme possédait un million de dollars et qu'aujourd'hui, on le considérait comme mort. Son corps n'avait toutefois jamais été retrouvé.

— Il est probable qu'un jour, fit le Manchot, Malancio ait rencontré Voisard et qu'il ait noté une vague ressemblance entre lui et Gordon. Puis, quand l'accident est survenu à Gordon, il a préparé son plan de longue main. Quand il y a un million de gain au bout de la ligne, on peut facilement consacrer deux ou trois ans pour atteindre son but. Un médecin véreux, comme il en existe malheureusement, a pratiqué les opérations sur Gordon. Pendant ce temps, Malancio prenait le plus de renseignements possible sur Voisard. Il a dû questionner des amis. Il est aussi probable que madame Riendeau ait rencontré Malancio ou encore, un de ses acolytes...

Maintenant, Perland se souvenait de plusieurs événements.

— L'entrevue... mais oui ! Un journaliste a fait une entrevue avec madame Riendeau, il y a quelques mois. Elle parlait de son premier mari, de sa disparition.

— Et elle a dû en dire beaucoup plus que ce que l'on a publié.

— Sûrement.

L'avocat demanda :

— Mais qu'allez-vous faire, maintenant ? Il faut faire arrêter ces hommes !

— Gordon est présentement derrière les barreaux. Mes adjoints tentent de localiser Malancio. Nous convoquerons tout le groupe à mon bureau.

À cet instant précis, le téléphone sonna et Perland décrocha.

— Oui, c'est moi, bonjour, inspecteur... Quoi ? Voisard ?

Le Manchot se rapprocha rapidement.

— Que se passe-t-il ?

L'avocat lui fit un signe de la main. Il ne voulait pas perdre un mot de ce que l'inspecteur lui apprenait.

— Aucune erreur possible?... Voulez-vous attendre un instant, inspecteur?

Il mit sa main sur le récepteur puis s'adressa au Manchot.

— On vient de retracer Vincent Voisard, le frère d'Henri. Il est décédé en prison, au Bengale, il y a sept mois exactement. Bernier avait obtenu la collaboration d'Interpol. C'est grâce à eux que Vincent Voisard a été retracé.

— Tant mieux.

— Maintenant, est-ce que je mets l'inspecteur au courant de ce qui se passe?

Le Manchot répondit sèchement:

— Jamais, il l'apprendra bien assez tôt. Dites-lui simplement que vous désirez avoir une conversation avec votre client et que, de plus, vous désirez qu'il soit libéré. N'ajoutez pas d'autres détails.

— Jules n'aimera pas ça.

— Je m'en fous!

L'avocat fut bien obligé d'obéir au Manchot.

Une heure plus tard, Robert Dumont était de retour à son bureau. Il demanda à Yamata qu'on ne le dérange pas, pour aucune considération.

— Michel a téléphoné. Il dit que lui et Candy ont réussi à retracer un monsieur Malancio...

— Je verrai tout ça tantôt. Pour l'instant, je veux être seul.

Le Manchot sortit la fameuse bobine de sa poche, vida sa poubelle de métal, y déroula le film, puis y mit le feu. Enfin, il put pousser un soupir de soulagement. On ne pourrait plus le faire chanter. « Et je ne me laisserai plus jamais prendre » se jura le détective.

*

* *

Riendeau et son épouse furent les premiers à se présenter à l'agence du Manchot. Le détective fit attendre le mari dans l'antichambre et se retira dans son bureau en compagnie de la très belle Josée. Tout comme Michel, le Manchot était surpris de se trouver en face d'une femme si jeune. Il crut bon lui avouer.

— Ça fait toujours plaisir, monsieur Dumont de s'entendre dire ça. Vous savez, j'ai plus de trente-cinq ans.

— Incroyable ! On vous en donnerait à peine trente.

Elle rougissait de plaisir.

— Je vous retourne le compliment, monsieur Dumont. J'ai beaucoup entendu parler de vous, mais je croyais que vous étiez plus âgé. Je comprends maintenant les raisons pour lesquelles on prétend que les femmes sont attirées par vous.

Michel avait prévenu son patron. Josée Voisard-Riendeau était très flirt. Le Manchot songea qu'un journaliste habile n'avait sans doute eu aucune difficulté à la faire parler de son premier mari.

Le Manchot la mit au courant de toute la situation. Elle n'en croyait pas ses oreilles.

— Il me semble que ce soit impossible qu'on m'ait trompée de cette façon.

— Pour Gordon, ce fut assez facile. Pendant des mois, il a appris son rôle. De plus, si vous posiez des questions embêtantes, il jouait les amnésiques.

— Alors, mon mari serait bel et bien mort?

— Rien ne nous prouve qu'il est vivant; trois ans se sont écoulés depuis sa disparition. Aux yeux de la loi, Henri Voisard est toujours décédé et sa fortune vous appartient.

— Je me souviens de ce journaliste, lui avoua Josée. Je lui ai parlé longuement de mon mari, lui donnant une foule de détails sur ses voyages à l'extérieur du pays, sur son caractère, enfin sur tout.

Yamata sonna pour apprendre au détective que l'avocat Perland venait d'arriver avec « Henri Voisard ».

— Bon, faites-les entrer avec monsieur Riendeau. Que Michel et Candy attendent l'arrivée des autres.

— Les autres? demanda Yamata, surprise. Mais je croyais que vous n'attendiez qu'un seul homme.

— Oui, mais je serais fort surpris s'il ne venait en compagnie de ses gardes du corps.

Lorsque Gordon « Voisard » entra, il se dirigea immédiatement vers madame Riendeau.

— Bonsoir Josée, comment vas-tu? Il me semble que tu es pâle. Quelque chose ne tourne pas rond?

— Non, non, tout va très bien.

— Enfin, maître Perland m'a appris que cette

affaire allait bientôt se terminer. J'ai hâte que nous reprenions la vie commune.

Josée ne répondit pas. Quelques instants plus tard, la porte du bureau du Manchot s'ouvrit. Malancio parut, encadré par deux hommes, deux colosses. Michel et Candy se tenaient derrière eux.

— Puis-je savoir pour quelles raisons on me dérange? demanda le truand en entrant.

Mais, il s'arrêta brusquement de parler en voyant Gordon. Les deux hommes échangèrent un rapide regard.

Malancio fit un geste de la main et un de ses hommes se pencha comme pour attacher son soulier. Michel le vit glisser sa main dans sa jambe de pantalon. Il voulut intervenir, mais déjà il était trop tard.

L'homme avait sorti un revolver et l'avait remis à Malancio. Michel fonça, tête baissée. Malancio n'eut pas le temps de réagir. Il ne s'attendait pas à cette attaque.

Il perdit l'équilibre, s'écrasa à plat ventre et un coup de feu partit. Celui-ci fut immédiatement suivi d'un cri. Le Manchot hurla:

— Je vous avais dit de les fouiller.

Ce fut Candy qui répondit:

— Nous l'avons fait, mais nous n'avions pas vu ce revolver.

Hubert Riendeau, dans le but de protéger sa jeune épouse, s'était précipité vers elle. Et ce fut lui qui reçut la balle en pleine poitrine. Josée avait crié. Déjà, l'avocat s'était précipité vers l'homme d'affaires. Le Manchot avait saisi le téléphone et criait :

— Vite, un médecin, Yamata.

Michel et Candy surveillaient étroitement Malancio, Gordon et les deux autres hommes.

Josée était penchée sur son mari. Le Manchot la releva. Elle se jeta dans ses bras en pleurant. L'avocat Perland examinait rapidement Riendeau.

— Il n'y a plus rien à faire, murmura-t-il en se relevant. La balle l'a frappé en plein cœur.

Le Manchot se tourna vers le quatuor de malfaiteurs.

— Votre compte est bon, Malancio, vous et vos acolytes. Maintenant, c'est une accusation de meurtre qui vous pend au bout du nez.

Michel s'empressa de rajouter :

— Tentative de meurtre, également. Je reconnais un des types. C'est lui qui a tiré sur moi, alors que j'étais au volant de ma voiture.

— Évidemment, on voulait nous empêcher de pousser notre enquête trop avant. Quant à Gordon, il a inventé toute cette histoire d'agression qui se serait déroulée au chalet de Perland. L'inspecteur Bernier avait vu clair dans son jeu.

Lorsque le médecin arriva, il ne put que constater le décès de Riendeau. On fit demander la police. Des détectives de l'escouade des homicides vinrent prendre les dépositions et s'en retournèrent en emmenant les prisonniers. La voiture de la morgue partit avec le corps de Riendeau.

La première émotion passée, Josée avait repris son calme.

— Incroyable, ne put s'empêcher de murmurer l'avocat. Ce Malancio finira ses jours derrière les barreaux et c'est heureux. C'est un homme capable de tout. Dire qu'il a mis des années à préparer ce coup.

Josée prit la main du Manchot dans la sienne.

— Et sans l'intervention de Robert Dumont, il aurait pu réussir.

Le Manchot avoua :

— J'ai eu beaucoup de chance dit-il. Si nous avons pu éclaircir ce mystère, c'est grâce à une certaine séance de cinéma, bien spéciale et au flair de ma collaboratrice Candy. Un simple détail, un simple tic nerveux nous a permis de démasquer ces criminels.

L'avocat prit Josée Riendeau à part et lui glissa quelques mots à l'oreille. Au bout d'un moment, la jolie veuve se retourna pour dire à haute voix :

— Je vous remercie, maître, mais j'aimerais que monsieur Dumont me reconduise chez moi. J'avais promis de payer pour ses services et les vôtres, alors je veux en discuter avec lui.

Perland tenta d'intervenir.

— Mais ce n'est pas nécessaire. Je règlerai tout avec Robert Dumont, puis je vous ferai parvenir mon compte.

Dumont se mêla à la conversation :

— Je préfère discuter d'affaires directement avec madame Riendeau, maître. Vous savez, je ne suis pas un enfant d'école. Les avocats aiment parfois prendre des pourcentages un peu trop élevés.

— Je ne vous permets pas de...

En s'adressant à Josée, le détective lui coupa la parole.

— Quand vous recevrez le compte de maître Perland, vous me le montrerez et je l'étudierai. S'il n'est pas raisonnable, je m'en occuperai personnellement.

L'avocat sortit en furie. Un peu plus tard, le Manchot allait reconduire la jeune veuve à la maison de l'est de la ville. Lorsqu'on approcha du bout de l'île, les nerfs à bout, Josée Riendeau éclata en sanglots.

— Je n'en peux plus. Je ne veux pas rentrer chez moi, j'en suis incapable. Il me semble que je verrai mon mari partout. Je me croyais forte...

Elle se glissa dans les bras du Manchot.

— Qu'est-ce que je vais devenir?

— Pour le moment, je vais entrer avec vous. Nous allons préparer une valise et vous vous installerez à l'hôtel... à moins que vous préfériez vous rendre chez une amie.

— Non, dans un hôtel... c'est la meilleure solution.

Trois jours plus tard, le Manchot se faisait un devoir d'assister aux funérailles d'Hubert Riendeau. Il y avait foule. L'homme d'affaires avait de nombreux amis.

Lorsque la cérémonie au cimetière fut terminée, Josée Riendeau alla trouver le Manchot.

— Il faut que je vous parle, monsieur Dumont. J'ai quelque chose à vous proposer. Des amis veulent venir chez moi, mais je ne veux voir personne. Alors, si je leur disais que vous avez affaire à moi...

— Je m'en occupe.

Bientôt, le Manchot fit monter la veuve dans sa voiture et l'automobile prit la direction de l'est. Enfin, Josée Riendeau lui fit part de son idée.

— Monsieur Dumont, dit-elle, j'ai peur de l'avenir.

— Vous? Mais vous êtes riche et...

— Oh, ce n'est pas ce qui m'inquiète. Mon mari avait des associés et il y a des tas de choses à régler. Je n'ai confiance en personne. Vous, depuis quelques jours, j'ai appris à vous connaître. Non seulement je vous fais confiance mais...

Elle hésita avant de murmurer:

— Si je parle trop, vous allez fort mal me juger.

— Mais non, dites le fond de votre pensée.

Elle se rapprocha du Manchot.

— Vous me plaisez, je ne vous le cache pas. Vous pouvez, si vous le désirez, devenir mon conseiller. Vous pouvez sûrement me recommander de bons avocats, d'excellents notaires. Je sais que vous êtes un homme fort occupé, mais j'aimerais que vous me considériez comme une amie. J'ai besoin de vous.

Le Manchot regarda cette jeune éplorée, cette jolie veuve, presque millionnaire et qui se sentait si seule dans la vie.

Que répondra le détective? Depuis plus d'un an, il avait toujours repoussé toutes les femmes; fléchira-t-il devant celle-ci... et sa fortune? Josée Riendeau était fort aguichante. «Une femme comme on en rencontre rarement» pensa le Manchot.

Serait-ce le début d'une idylle qui pourrait transformer la vie de notre héros?

Achevé d'imprimer
en novembre mil neuf cent quatre-vingt-deux
sur les presses de l'Imprimerie Gagné Ltée
Louiseville - Montréal.
Imprimé au Canada